Z

David Foenkinos

Zurück auf Los

Roman

Aus dem Französischen
von Christian Kolb

C. H. Beck

Titel der Originalausgabe: «La tête de l'emploi»
Erschienen bei © Éditions J'ai lu, Paris 2013

Umschlaggestaltung:
© Geviert / Grafik & Typografie, Christian Otto
Umschlagabbildung:
Composing Tapete © Shutterstock 136378655;
Mann mit Teddy © Nick Ballson 148965508
Gesetzt aus der Schrift Baskerville bei
a.visus, Michael Hempel, München
Druck und Bindung: Pustet, Regensburg
Gedruckt auf säurefreiem, alterungsbeständigem Papier
(hergestellt aus chlorfrei gebleichtem Zellstoff)
Printed in Germany
ISBN 978 3 406 67013 8

www.beck.de

ERSTER TEIL

1

Eines Tages hatten meine Eltern den merkwürdigen Einfall, ein Kind in die Welt zu setzen: mich.

Ihre Beweggründe haben sich mir nie erschlossen. Gut möglich, dass sie ihnen selbst schleierhaft sind. Vielleicht wollten sie ja ein Kind haben, weil sie die Dinge immer ein bisschen so machen wollten wie die anderen. Ich spüre noch die Erschütterungen der Anfangszeit in mir, als ich durch das Wohnzimmer kugelte wie ein unwirklich anmutendes Bündel. Meine Eltern fassten mich mit spitzen Fingern an und küssten mich mit gespitzten Lippen. Es war fast so, als würden sie einen Sicherheitsabstand wahren, als hätten sie Angst davor, mir ihre Liebe zu geben, Angst davor, sich so etwas wie eine Krankheit einzufangen, über die sie nie hinwegkommen würden. Wer weiß das schon? Sie hätten sich mit Güte infizieren und Lust auf ein zweites Kind bekommen können.

Ich übertreibe sicherlich ein wenig. Aber das tut man immer, oder? Mir ist noch nie jemand begegnet, der in der Lage gewesen wäre, in einem gesetzten, angemessenen und redlichen Ton über seine Eltern zu sprechen. *Bestimmt* ist das, was ich als Zurückhaltung interpretiere, ihre Art, mich zu lieben. Denn ihre Liebe existiert. Ich besitze kein Lexikon, das diese Liebe definiert, aber ich habe durchaus das Gefühl, dass sie vorhanden ist. Auch wenn sie sich nicht konkret äußert. Wenn wir hin und wieder miteinander telefonieren, haben wir uns so gut wie nichts zu sagen. Unbeteiligt streifen wir verschiedene Themen, und doch liegt in diesen leeren Worten ein Hauch von Zärtlichkeit. Man muss nicht immer reden. Wir lieben uns so, wie sich wohl Pantoffeltierchen lieben. Und ich denke, das passt ganz gut zu mir. Wahrscheinlich habe ich die Hoffnung aufgegeben, dass meine Eltern mich eines Tages so lieben könnten, wie ich mir das vorstelle. Aber man kann machen, was man will, Liebe kann man nie genug bekommen.

Unsere Geschichte hat schon mal schlecht angefangen: Sie gaben mir den Namen Bernard. Eigentlich ist das ja ein netter Vorname. Im Laufe meines Lebens habe ich zudem die Bekanntschaft des einen oder anderen Bernard gemacht, der mir in eher guter Erinnerung geblieben ist. Mit so einem Bernard lassen sich angenehme Abende verbringen. Man gelangt im Nu zu einem stillschweigenden, um nicht zu sagen unverzüglichen Einvernehmen und klopft ihm leicht auf die Schulter, dem Bernard an sich. Ich könnte mich also glücklich schätzen, solch einen Namen zu tragen, der sich als regelrechte Propagandamaschine der Freundschaftswerbung gebärdet. Doch so ist es nicht. Allmählich tat sich mir die dunkle Seite dieses Namens auf. Der potenzielle Abgrund, der in ihm steckt.

Wie soll ich sagen? Ich glaube, alles in allem wirkt sich der Name nicht sehr vorteilhaft aus. Es tickt eine Zeitbombe in ihm, es schwelt in ihm die große Niederlage, und das habe ich mein Leben lang gespürt. Es gibt Namen, die klingen wie der Vorspann des Schicksals. Bernard taugt bestenfalls für eine Komödie. Jedenfalls beruft einen der Name nicht gerade dazu, das Menschengeschlecht zu revolutionieren.

Einem Kind einen Namen zu geben ist gar nicht so einfach. Man soll ja auch nicht übers Ziel hinausschießen. Ich wundere mich immer, wenn Leute ihr Kind Odysseus nennen. Man stelle sich das arme Kind vor, wie es erschrocken die eigenen Fußstapfen betrachtet. Und sein Kind Marilyn oder Lolita zu nennen birgt natürlich auch gewisse Risiken. Bei solchen Namen bleibt einem dann keine Wahl mehr. Man muss die Sinnlichkeit im Blut haben. Insofern darf ich mich gar nicht beklagen. Bernard mag vielleicht nicht unbedingt für Erfolg stehen, aber der Name hat nun auch nichts Abstoßendes. Man könnte fast sagen, es ist eigentlich ein charmanter Name. Könnte man *fast* sagen. Nun ja, das ist bezeichnend für mich. Ein Name ohne Extravaganzen, der keinen großen Wirbel macht. Ich kann mich nämlich nie für irgendwas entscheiden, gehöre zu der Sorte, die nie weiß, auf wessen Seite sie sich schlagen soll. Oft höre ich, wie Leute sich darüber unterhalten, welche Rolle sie wohl im Zweiten Weltkrieg gespielt hätten. Widerstandskämpfer oder Kollaborateur? Für mich wäre die Sache ganz klar gewesen: weder das eine noch das andere.

Mein Vater heißt Raymond, und auch wenn er kein Widerstandskämpfer* war, so hat er das Kriegsgeschehen doch grimmig vom Fenster aus mitverfolgt. Gern wäre er in den Kampf gezogen, aber dazu war er in den 1940er-Jahren noch zu jung. Das heißt, als sein älterer Bruder gleich zu Beginn der deutschen Angriffe an der Front sein Leben lassen musste, war er zwölf. Der kleine Raymond hängte ein Bild von seinem Helden über dem Bett auf. Seine Eltern versetzte der Tod des ältesten Sohns in einen apathischen Zustand. Raymond sah sie langsam sterben, obwohl sie doch immer noch am Leben waren. Sie verkamen zu Schatten ihrer selbst, und selbst die Befreiung vermochte sie von nichts mehr zu befreien. Sie blieben im Geiste für immer im Jahr 1940 gefangen, dem Jahr des fatalen Telegramms. Als sie ein Jahr nach Kriegsende nach Orléans umzogen, fand sich Raymond allein in Paris wieder. Anfangs steckte ihm die Angst in den Knochen, und er musste sich eingestehen, dass er gewiss keinen guten Soldaten abgegeben hätte. Alles machte ihm Angst, und so fand er auch keine Freunde. Das lähmende Schweigen in seinem Elternhaus hatte mit den Jahren jegliche soziale Kompetenz in ihm ausgelöscht. Er nahm ohne große Überzeugung ein Studium der Rechtswissenschaften auf, das er beim Anblick all der jungen Leute, die in der Blüte ihrer Jahre standen und sich ihrer Sache so sicher zu sein schienen, jedoch schnell wieder aufgab. Schließlich fand er eine Stelle, die ihm besser zu Gesicht stand: Er wurde

* Also das ist jetzt im historischen Sinn gemeint. Um mit meiner Mutter verheiratet sein zu können, ist nämlich auch eine gewisse Widerstandskraft vonnöten.

Nachtportier in einem Hotel. Wenn er des Nachts an seiner Rezeption saß, war er endlich in seinem Element. Manchmal stelle ich mir vor, wie mein Vater da sitzt, glücklich und behütet, in seinem finsteren Kokon.

In diesem Hotel lernte er Anfang der 50er-Jahre übrigens auch Martine kennen: meine Mutter. Sie war zur Beerdigung ihrer Großmutter nach Paris gekommen (sie war aus Orléans, reiner Zufall) und musste ihre Freude, endlich die Hauptstadt zu sehen, daher unterdrücken. Während die Eltern am Boden zerstört waren, konnte sie vor Aufregung nachts nicht schlafen, denn sie war zum ersten Mal in der Stadt, in der das pralle Leben tobte. Jeden freien Moment nutzte sie, lief durch die Straßen und verlor gern die Orientierung. Indem sie die Pariser Luft atmete, hatte sie das Gefühl, den Jazz in sich einzusaugen, eine Traumwelt zu betreten. Sie war erfüllt vom Mythos von Saint-Germain-des-Prés, und dazu brauchte sie lediglich den Mund aufzutun. Es fällt mir etwas schwer, mir meine Mutter als junge Frau vorzustellen. Die Jugend der eigenen Eltern ist ein Roman, den man nie zu Papier bringt. Man greift Situationen heraus, klebt Fetzen aneinander und häuft Kommata an, aber irgendwie haftet dieser Wirklichkeit doch immer etwas Falsches an. Das Bild, das ich von Raymond und Martine habe, ist von der Gegenwart geprägt. Ich sehe sie vor mir, in Hausschuhen, wie sie vor dem Fernseher sitzen, wie sie sich wegen unerwarteter Unkosten streiten, ich sehe, wie sie immer älter, intoleranter und langsamer werden, aber jetzt wird meine Mutter immer schneller, sie läuft durch die Straßen von Paris und fühlt sich schon richtig heimisch. Nach ein paar Tagen hat sie die prachtvolle Gewissheit: Sie will hier nicht mehr weg. Fehlt nur noch der Grund zu bleiben. Und solche Gründe finden sich oft im Parterre.

Raymond saß hübsch artig auf seinem Platz, erstrahlte in seinem gedämpften Ehrgeiz und schenkte der jungen Frau, die sich zusammen mit ihren Eltern in seinem Hotel einquartiert hatte, ein schüchternes Lächeln. Martine hatte zwar noch keinerlei Erfahrungen, verstand sich wie jede Frau jedoch ganz gut darauf, intensive männliche Blicke zu deuten. Sie verstand, dies war kein ausgesuchter Höflichkeitsblick, kein Profiblick eines Hotelangestellten. Sie erkannte in diesem Blick das Spiegelbild ihrer eigenen Verwirrung wieder. In Orléans wäre ihr der junge Mann womöglich gar nicht aufgefallen, aber in Paris steigerte sich seine Bedeutung ins Unermessliche. Raymond war eben zur richtigen Zeit am richtigen Ort (damit ist sein größtes Verdienst genannt). Und dieser Umstand entlockte Martine ebenfalls ein Lächeln. Wir befinden uns im Jahre 1953. Stalins Tod verdrängt Prokofjews Tod gerade aus den Schlagzeilen, doch das zählt für meine Eltern nicht. In der Nacht vor ihrer Abreise steigt meine Mutter die Treppen herab, sie hat ein Rendezvous mit dem Nachtportier. Und sie küssen sich.

Danach vergingen die Jahre.

Während ich auf die fünfzig zugehe, senkt sich über meine Eltern bereits der Lebensabend. Achtzig erschien mir vor Kurzem noch wie ein biblisches Alter. Meine Eltern leben so heimlich, still und leise vor sich hin, als würden sie darauf spekulieren, dass der Tod sie vergessen könnte. Das ist sicherlich das Rezept für ein langes Leben: nur keinen Wirbel machen. Und daher sollte man auch nicht zögern, auf ein Paar Pantoffeln zurückzugreifen. Meine Eltern sind geradezu besessen von ihren Pantoffeln. Wenn ich zu ihnen zu Besuch komme, werde ich noch vor dem Hallosagen oder einem wie auch immer gearteten Gesprächsbeginn genötigt, in die Schlappen zu schlüpfen. Meine Frau, die von Beruf Psychoanalytikerin* ist, interpretiert die Sache so, dass meine Eltern vereiteln wollen, dass ich irgendwelche Spuren hinterlasse. Aber das ist wahrscheinlich eine überzogene Sicht der Dinge.

Es gibt noch etwas anderes, was mich beschäftigt, eine Frage, die sich wohl alle Einzelkinder stellen. Warum wollten meine Eltern kein zweites Kind? Lag es an mir? Einzelkinder sind ständig hin- und hergerissen zwischen den beiden folgenden Optionen: Entweder war mit der Geburt des ersten Kindes der Fortpflanzungsdrang der Eltern bereits vollends gestillt. Oder aber ein einziges Kind hat gereicht, um den Wunsch nach einem zweiten zum Erliegen zu bringen. In anderen Worten: Waren meine Eltern entzückt von mir, oder habe ich ihnen das Leben versaut? Wie auch immer, unser Verhältnis war hauptsächlich durch vollkommenes gegenseitiges Unverständnis geprägt. Die Beziehung des einzigen Sohns zu

* Das heißt, die Psychoanalyse ist mein täglich Brot.

seinen Eltern stellte sich seelenlos dar. Ich beneidete fast solche Familien, in denen Unstimmigkeiten unter hysterischen Schreien und Tränen zum Ausbruch kamen. Bei uns gab es nie jemanden, der für einen kleinen Streit die notwendige Energie aufgebracht hätte.

Ich habe mir schon oft gedacht, dass meine Eltern eigentlich ganz gute Romanfiguren abgeben würden. Man dichtet stillen Wassern immer die seltsamsten Eigenschaften an. Hält sie gar für unergründlich. Das wirft Fragen beim Leser auf. Sind die womöglich nicht ganz dicht? Oder einfach aalglatt? Oder was weiß ich. Ich glaubte immer, ich bin vielleicht nicht in der Position, um meine Eltern richtig zu verstehen. Doch so kann man das nicht sagen. Die kommenden Monate sollten jedenfalls nicht nur mich in Aufruhr versetzen, sie sollten auch die Beziehung zu meinen Eltern von Grund auf verändern.

2

Auch wenn die Jahre an der Seite meiner Frau so dahingegangen sind, ist es mir doch immer noch eine große Lust, neben ihr aufzuwachen. Meist bestaune ich dann ihre langen schwarzen Haare auf dem weißen Kissen. Haartechnisch betrachtet, liebe ich sie wie am ersten Tag. Es würde mir schon reichen, bloß mit ihren Haaren verheiratet zu sein. Man kann nun aber nicht behaupten, dass wir zu jener Sorte von Ehepaaren gehören, die nur noch nebeneinanderher leben. Wenn ich Nathalie ansehe, hüpft mein Herz vor Freude, zwar nicht immer, vielleicht sogar selten, doch es kann jederzeit geschehen, dass mich in ihrer Gegenwart ein Glücksschlag trifft. Proust nennt solche Phänomene *Herzaussetzer* – ich liebe dieses Wort, obwohl ich mir nicht sicher bin, ob ich es richtig begreife. Genauso liebe ich den Namen meiner Frau. Ich finde ihn so schön, wie ich den meinen hässlich finde. Nathalie bedeutet «Geburt». Und es klingt wie ein Versprechen.

Zu der Zeit, als ich meine Nathalie kennenlernte, wurde Nathalie Baye mit dem französischen Filmpreis ausgezeichnet. Ich weiß nicht mehr, für welche Rolle. Für die in *Der Verrat* wahrscheinlich. Ja, es muss wohl der *Verrat* gewesen sein. Mein Gedächtnis war noch nie meine große Stärke. Ich vergesse schnell, Filmtitel vor allen Dingen. Doch die erste Begegnung mit der Frau, die dann meine Frau werden sollte, wird mir für immer im Gedächtnis bleiben. Sie trug ein gestreiftes Matrosenshirt und bewegte sich langsamen Schrittes, extrem langsamen Schrittes, so langsam, dass ich mich frage, ob sie sich überhaupt bewegte. Aber das kommt mir ja entgegen. Mir gefällt eine möglichst erstarrte Vorstellung unseres ersten Zusammentreffens. Ich meine, um ihretwillen. Aus meiner Sicht steht nämlich fest: Ich stürzte. In dem Augenblick, in dem ich ihr gegenübertrat, rutschte ich weg und stolperte in ihr Leben. Wenn wir uns streiten, sagt sie manchmal zu mir:

«Das hätte ich mir doch gleich denken können. Wie konnte ich mich bloß auf ein Leben mit jemandem einlassen, der einfach auf mich draufgefallen ist? Ich hätte mich vor dir in Acht nehmen müssen. Die Zeichen richtig deuten sollen.»

«Aber … du hast gesagt, dass du das ganz schön fandst.»

«Du hast dir das Schlüsselbein gebrochen, und ich hab dich ins Krankenhaus begleitet. Ich frage mich, was ich daran auch noch schön finden sollte.»

«Nathalie, du kannst alles infrage stellen und mir alles vorwerfen, aber das nicht. Unsere erste Begegnung war nämlich schon schön …»

« … »

Ich hatte recht. Unsere erste Begegnung war schön. Dass ein solches Rendezvous in einem Krankenhaus stattfindet, kommt ganz selten vor. Wenn wir uns also manchmal streiten, voneinander enttäuscht sind und sogar den Gedanken in Betracht ziehen, dass wir mit einem anderen Partner vielleicht glücklicher sein könnten, weiß ich, dass wir uns in Illusionen wiegen. Eine andere Beziehung eingehen hieße, die Wirklichkeit zu vergessen.

Beim Verlassen des Krankenhauses hatte ich einen dicken Verband. Ich stellte mich namentlich vor, und Nathalie schenkte mir ein breites Lächeln. Ohne mich als Paranoiker ausgeben zu wollen, kann man wohl sagen, dieses Lächeln bedeutete so viel wie: «Mit dem fetten Verband siehst du auch wie ein waschechter Bernard aus.» Wir gingen ein bisschen spazieren. Ich denke oft zurück an diesen Abend, an dem sich mein Schicksal wendete. In den 80er-Jahren war es leicht, sich zu verlieben. Ich liebe die 80er. Sie werden oft karikiert, als vulgär geschmäht und als eine Zeit bezeichnet, in der der zügellose Umgang mit Geld regierte. Doch mit Abstand betrachtet und im Vergleich zu der stetig wachsenden Skrupellosigkeit heute erscheinen mir die 80er geradezu dezent.

Die ersten Monate mit Nathalie waren zumindest verblüffend. Sie studierte mit Leidenschaft Psychologie. Ich hoffte jedes Mal, wenn sie mich bat mich hinzulegen, auf ein kleines erotisches Ereignis, aber nein: Sie wollte mich nur analysieren. Es bestand somit nie wirklich ein Zusammenhang zwischen horizontaler Lage und Geschlechtsverkehr. Ich diente ihr als Versuchskaninchen. Sie wollte mich zum Reden bringen, wollte, dass ich ihr meine Kindheitserlebnisse erzähle. Was ich von der Beziehung zu meinen Eltern zu berichten hatte, interessierte sie brennend. Wenn ich so zurückblicke, denke ich mir, dass es mir vielleicht nur dank der Neurosen meiner Eltern sowie ihrer an mich weitergegebenen Neurosen gelungen ist, meine Frau zu betören. Dennoch reichten diese Neurosen für kaum mehr als zehn Sitzungen aus. Sie schien enttäuscht: Ich war gar nicht übermäßig kompliziert. Unsere Liebe erwies sich als einigermaßen unnütz für ihr Studium. Also bemühte ich mich, manisch-depressiv zu werden, legte alle erdenklichen Formen von süßem Wahnsinn an den Tag, um den Eindruck eines faszinierenden Falls zu erwecken. Keine leichte Aufgabe, vor allen Dingen für einen Mann wie mich, der vor Normalität eigentlich nur so strotzte.

Die Anstrengungen, die ich unternahm, um ihr zu gefallen, blieben anscheinend nicht ohne Wirkung. Eines Tages wurde ich erlöst: «Bernard, ich bitte dich, werd wieder normal.» Ich fürchtete, sie könnte sich langweilen, wenn sie merkte, wie ich wirklich war. Aber etwas war mit mir geschehen. Indem ich den Verrückten spielte, war ich irgendwie origineller geworden. Die Winkelzüge, zu denen ich mich aufgeschwungen hatte, machten mich glücklich, es war, als hätten mich die Ausflüge zu anderen Wesen wachgerüttelt. Zum ersten Mal hatte ich das Gefühl, mit mir selbst im Einklang zu sein. Vielleicht lag das auch an der Liebe, die in mir wohnte. An dem Gefühl, das Herz am rechten Fleck sitzen zu haben. Besonders in Erinnerung geblieben ist mir ein Abend, an dem wir uns lange küssten, und dieser Kuss unterschied sich irgendwie von den anderen, es war *ein beispielloser Kuss*, ein Kuss, auf den alle anderen Küsse Bezug nehmen sollten. Das war ein paar Monate nachdem wir uns kennengelernt hatten. Ich hatte keine Angst mehr. Ich wusste, Nathalie und ich würden heiraten.

3

Zwanzig Jahre später zog unsere Tochter Alice von zu Hause aus. Der Geschmack des *beispiellosen Kusses* lag mir noch auf der Zunge, und schon stand die Frucht unserer Liebe mit zwei schweren Koffern beladen auf dem Absatz. Das Leben ist ein Rad, das immer schneller an der Zeit dreht. Alice ging davon, und wir saßen allein da. Im Grunde war es ja unsere eigene Schuld. Warum waren wir auch so dumm gewesen und hatten nur ein Kind gezeugt? Obwohl ich mir (wie alle Welt) geschworen hatte, nicht die Tristesse zu reproduzieren, die ich selbst erlebt hatte. Die Tristesse des Einzelkinds. Aber Nathalie wurde kein zweites Mal schwanger. Die Ungerechtigkeit der Natur machte mich vollkommen fertig, es kam mir so vor, als trüge ich die Gene der Einsamkeit in mir. Der tägliche Anblick von Alice linderte die Enttäuschung, aber nun leuchtete mir auch dieser Sonnenschein nicht mehr. Kinder, die ausziehen, kehren nie ins Elternhaus zurück …

Nathalie und ich strengten uns an, unsere Verzweiflung zu verbergen, doch Alice sah sie uns an. Sie spielte die Bedeutung ihrer Abreise herunter: «Okay, ich fliege nach São Paulo, aber es ist doch nur für ein Praktikum. Und wir können ja skypen …» Dieser letzte Satz gab mir den Rest. Ich hatte sie doch nicht in die Welt gesetzt, um ein Bild von ihr auf einem Monitor zu verehren und um mit ihr Unterhaltungen zu führen, die den Launen von irgendwelchen chaotischen Internetverbindungen unterworfen waren. Ich war es gewohnt, meine Tochter in den Arm zu nehmen. Punkt. Sie betonte noch einmal, es sei ja nur für ein Jahr, höchstens zwei … das Praktikum sei eine großartige Chance. Da hatte sie wiederum recht. Ich wollte mich gern von ihr überzeugen lassen, doch der Anblick der beiden Koffer spottete meiner guten Absichten. Da standen die zwei wie Diebe meiner Vergangenheit. São Paulo, das durfte einfach nicht wahr sein. Das klang nicht seriös. Brasilien ist doch kein Land, wo man hinfährt, um ein Praktikum zu machen. Da fährt man hin, um Cocktails zu trinken und seine Brüste zur Schau zu stellen. Oder man geht tanzen und spielt barfuß Fußball am Strand. Ein Urlaubsland eben. Ganz im Ernst, warum musste es ausgerechnet Brasilien sein? Kehrt man aus so einem Land eigentlich je wieder zurück? Wahrscheinlich würden ihr unser popeliges Frankreich, unser gemäßigtes Klima und unsere stinknormalen Leute hinterher leicht dämlich vorkommen. Alice würde bestimmt im Nu Feuer und Flamme sein für Brasilien, und wir würden sie nie wieder zu Gesicht bekommen. Ich war in großer Sorge. Dabei hatte sie hier doch ihren gesamten Lebensmittelpunkt, ihre Freunde und, nicht zu vergessen: uns.

Ich muss wohl gestehen, ich habe die Neigung, immer alles schwarzzusehen.* Meine Tochter hob nach Lateinamerika ab, und ich malte mir schon aus, wie sie einen Bossa-nova-Gitarristen heiratete, der sie auf seine Tourneen mitnahm, in die hintersten Provinzen des Landes, die Art von hinterster Provinz, die mit gewöhnlichen Verkehrsmitteln gar nicht zu erreichen ist. Vielleicht würde sie auch von Eingeborenen im Amazonasgebiet entführt werden, so wie in dem Film *Der Smaragdwald* von John Boorman, in dem der Held in den Tiefen des Dschungels seinen Sohn verliert. So sah's aus, das war das Schicksal, das mich erwartete. Wenn ich dann so vor mich hinbrütete, wie ein auf albtraumhafte Familienszenarien spezialisierter Drehbuchschreiber, ging Nathalie manchmal an die Decke:

«Du und dein *Smaragdwald*, du hast sie doch nicht mehr alle …»

«Wieso? Das wäre doch denkbar.»

«Bernard … ich glaub, du hast ein Problem mit dem Loslassen. Du hast furchtbare Angst, verlassen zu werden …»

«Ich? Wie kommst du denn darauf? Hör auf, mich zu analysieren.»

«Leg dich hin.»

«Nein!»

Es war nun wahrlich nicht der richtige Moment dazu. Es gab überhaupt nichts zu sagen und zu analysieren. Ich

* Ich hätte nie diese dreibändige Schopenhauer-Biographie lesen sollen.

hatte lediglich das Bedürfnis, meine Ängste in Worte zu fassen. Sonst halte ich mich ja immer mit allem zurück, insofern tat mir das richtig gut. Auch wenn ich zugeben musste, dass ich in dem Fall leicht als Spinner durchging. Es waren so viele widersprüchliche Gefühle in mir. Manchmal ergriff mich plötzlich ein wahnsinniger Stolz, ein Stolz darauf, dass meine Tochter erwachsen wurde, und dann sagte ich zu Nathalie: «Stell dir das mal vor: Jetzt fährt sie nach Brasilien … Ist das nicht wunderbar? Kannst du dir das vorstellen?»

Nachdem wir von ihr Abschied genommen hatten, beschlossen wir, uns zu betrinken. Sturmfreie Bude. Ich machte eine Flasche Rotwein auf, und wir begannen, in Erinnerungen zu schwelgen. In Erinnerungen an die Kindheit unserer Tochter. An das Puppentheater und ihren ersten Freund. Er hieß Thibaut oder Thimothée, ich weiß es nicht mehr. Wir ließen diese Bilder, die auch ein Teil *unseres* Lebens geworden waren, an uns vorüberziehen. Wohl vom Alkohol beflügelt, bekam ich irgendwann einen Lachanfall.

«Schön, dich so lachen zu sehen», meinte Nathalie.

«Wieso? Ich lache doch recht viel im Allgemeinen.»

«Von wegen, du lachst eigentlich nie. Du bläst meist Trübsal, Bernard.»

«Ach, echt? Findest du?»

«Ja.»

«Aber neulich … als wir da im Theater waren … wann war das gleich noch mal?»

«Das war vor zwei Jahren.»

«Ach, schon so lange her …»

«Ja, lang ist's her …»

«Das liegt sicher an dem Stress in der Arbeit. Es ist wirklich ganz schön stressig gerade.»

«Ich weiß. Das heißt, das kann ich mir denken. Du erzählst ja nicht so viel.»

«Ach, echt? Ich habe den Eindruck, ich erzähl dir immer alles …»

«Nein … du erzählst überhaupt nichts … oder jedenfalls nicht viel.»

«Also fassen wir zusammen: Ich lache nicht, ich erzähl dir nichts … noch was? Gibt's sonst noch was, was ich nicht tue?»

«Soll ich dir das wirklich sagen?»

« … »

« … »

« … »

«Soll ich?»

«Öh nein, reicht eigentlich schon für heute Abend …»

Was für ein Reinfall. Dabei hatte der Abend so fröhlich begonnen. Vielleicht hatte der Wein auf unsere Stimmung geschlagen. Aber es sah eher ein bisschen so aus, als hätte uns die Gegenwart von Alice die ganze Zeit davon abgehalten, sich mal ernsthaft auszusprechen, so sehr sprudelte der Liebesfrust nun aus uns hervor. Kinder kaschieren die Risse in den heimischen vier Wänden. Mir fiel zum ersten Mal auf, dass auch alles in sich zusammenbrechen könnte. Und wie jeder Mann, dem die Worte fehlen, probierte ich es mit gewagten Gesten. Ich setzte mich an die Seite meiner Frau. Zweifel nagten an mir. Ich war mir unschlüssig wie nie zuvor. Nathalie beobachtete meine fahrigen Bewegungen, die sich vergeblich mühten, ihre Absichten in die richtigen Bahnen zu lenken. Ich schwebte in einer noch namenlosen Angst. Jener Angst, die einen von einem Moment auf den anderen überkommen kann, wo sie doch in den Augenblicken davor noch gar nicht zu existieren schien, in den Augenblicken, in denen man sich seiner Welt noch sicher war, bevor man sich plötzlich in einer anderen Welt wiederfindet, in der die Dinge ins Wanken geraten und in der eine Frau das Gesicht abwendet, wenn man versucht, ihr einen Kuss zu geben. Ich beschwor im Geiste das Bild des beispiellosen Kusses herauf, denn das Zurückgewiesenwerden stellte gerade ein anderes Beispiel dar. Ein Beispiel für die dunkle Seite der Ehe. Ich ergriff Nathalies Arm, flüsterte: «Was ist denn los?» und «Rede doch mit mir» und sogar «Ich bin für dich da».

Aber sie wollte nicht mit mir reden, ihr Mund versank in nie da gewesener Traurigkeit. Eben hatten wir noch neckisch herumgeschäkert, und auf einmal umwehte uns ein Hauch von Beziehungsdrama. Am besten gingen wir wohl ins Bett. Alice' Abreise hatte uns anscheinend vollkommen aus dem Gleichgewicht gebracht. Wir waren tief erschüttert, was vielleicht auch mit unserem Alter zusammenhing. Ich war immerhin schon fünfzig, Nathalie ebenfalls, wir standen an einer Schwelle. Was uns indes auf der anderen Seite dieser Schwelle erwartete, das zeichnete sich noch nicht ab.

4

Ich dachte nach über das, was Nathalie gesagt hatte. Hatte sie am Ende recht? Hatte ich mich zu sehr eingeigelt? Ich hatte zwar schon das Gefühl, dass ich bei unseren allabendlichen häuslichen Essen Dinge preisgab, mich ihr anvertraute, aber richtig sicher war ich mir jetzt nicht mehr. In einer langen Beziehung kommt irgendwann der Moment, an dem es nicht mehr so wichtig erscheint, sich dem anderen mitzuteilen. Man glaubt, man langweile den anderen. Umgekehrt langweilt der andere einen ja auch. Denn das gebe ich gern zu, die Dramen, die sich im Berufsleben meiner Frau ereigneten, vermochten mich nicht mehr so recht vom Hocker zu reißen. Von den Hirngespinsten eines Hinz oder den seltsamen Psychosen eines Kunz hatte ich schon tausendmal gehört. Man erreicht den Punkt, an dem man die Themen nur noch überfliegt und sich gegenseitig mechanisch Brocken hinwirft. Man fasst knapp zusammen, wo man früher genüsslich abschweifte. Das fehlte mir, dieses stundenlange Reden, ohne zu einem Ergebnis zu kommen. Wenn wir jetzt redeten, war binnen weniger Minuten alles gesagt. Nathalie hatte schon recht, ich redete wenig, zu wenig: Ich verkroch mich in mein Schneckenhaus. Die Wörter blieben draußen. Typisch Bankangestellter vielleicht. Die Zahlen hatten zunehmend Besitz von mir ergriffen. Und mit Zahlen lassen sich eben keine Sätze bilden.

Ich verbrachte eine lange schlaflose Nacht. Mein Handeln schien irgendwie nicht recht zu meinen Gefühlen zu passen. Denn auch wenn ich weniger redete, weniger lachte, war ich doch immer noch verliebt. Wenn ich keine Lust hatte, am Abend den Ausführungen meiner Frau zu lauschen, bedeutete das nicht, dass ich das Interesse an ihr verloren hatte. Ich glaube, man kann sich auch ohne Worte lieben. Diese Sichtweise mag mit meiner Pantoffeltierchenvergangenheit zusammenhängen. Es gibt Leute, die immerzu Beweise brauchen, Taten fordern, das kann ich durchaus nachvollziehen, aber ich bin eben anders. Meine Liebe zu Nathalie ist immer noch frisch wie am ersten Tag. Ich liebe sie nur auf eine andere Art. Was andere abschätzig *Gewohnheit* nennen, ist für mich lediglich eine stillere Form der Zuneigung. Ich mag den alltäglichen Trott. Ich gehöre zu jener seltenen Spezies, die nicht ständig die Beziehung aufpeppen muss. Ich tausche gern Zärtlichkeiten aus, mag es, wenn der andere einfach da ist. Dass darüber die Zeit vergeht, hat etwas Beruhigendes, ohne dieses Beruhigungsmittel wäre ich aufgeschmissen. Ohne Nathalie kann ich mir mein Leben überhaupt nicht vorstellen.

Ich hätte dem Vorbild meiner Kollegen nacheifern und sie betrügen können. An Gelegenheiten hat es mir nicht gemangelt. Nicht, dass ich mit einem besonders unwiderstehlichen Äußeren gesegnet wäre, aber Bankenkongresse münden regelmäßig in Orgien. Jeder steigt mit jedem ins Bett, ohne Rücksicht auf Rang und Namen. Das geht so weit, dass schon die Aussicht, alleine schlafen gehen zu müssen, die anderen verführerisch erscheinen lässt. Für ein Wochenende kann sich die unattraktivste Sekretärin in ein erotisches Versprechen verwandeln. Die Tatsache, dass man von zu Hause weg ist, setzt sämtliche moralische Grundsätze außer Kraft. Ich habe das immer amüsiert beobachtet. Wie sich die Lügen stapeln, während die ärmlichen Walzer der niederen Vergnügungen spielen. Tags darauf sitzt man wieder am Tisch und spricht über die jüngsten Entwicklungen der Kreditraten, aber man spürt, dass alle nur den Apéritif herbeisehnen, um anschließend übereinander herzufallen. Bei solchen Kongressen fühlte ich mich den anderen überlegen, auch wenn mein Dasein an sich keinen besonderen Glanz versprühte. Das war vielleicht absurd, denn ich rühmte mich meiner Treue nicht, aber irgendwie gefiel es mir auf meine einfältige Art, verheiratet zu sein.

Mit meinen Kollegen habe ich im Prinzip nicht viel zu schaffen. Freundschaften haben sich in den letzten Jahren kaum ergeben.* Die derzeitige Krise des Bankensektors hat den Konkurrenzkampf im Beruf deutlich verschärft, und es sieht nicht so aus, als ob sich an der Situation demnächst etwas ändern würde. Ein bedrückender Zustand

* Meine beiden besten Freunde, Jean-Michel und Jean-Marc, habe ich bereits vor meinem Eintritt ins Berufsleben in der Schule kennengelernt.

im Grunde. Wenn ich an meine Anfangszeit in der Bank zurückdenke, verspüre ich einen Anflug von Nostalgie. Das war eine ganz andere Welt, wie es sie heute nicht mehr gibt. Da könnte ich leicht ins Schwärmen geraten. Bankangestellter war in den 80ern wirklich ein schöner Beruf. Die Leute hatten Respekt vor einem, man war vom Schimmer des Erfolgs umgeben. Das war toll. Obwohl ich in die Branche ja eher zufällig hineingestolpert bin. Nach dem Abitur wusste ich nicht recht, was ich machen wollte, also schrieb ich mich erst mal für Betriebswirtschaft ein. Eine Zeit lang dachte ich daran, Lehrer zu werden, aber dann kamen mir Zweifel, ob ich das nötige Rüstzeug mitbringe. Ich glaubte, ich würde es nicht ertragen, ständig den Blicken der Schüler ausgesetzt zu sein. Das heißt, ich konnte es mir schon schön vorstellen, beobachtet zu werden, aber nur von einer Person, nicht gleich von einem ganzen Rudel. Im Sommer 1981 wollte ich ein wenig Geld verdienen und machte daher ein Praktikum bei der Banque Nationale de Paris. Nicht ahnend, dass dieses Praktikum mein ganzes Leben dauern sollte. Ich erklomm die Karriereleiter hoch bis zum Finanzberater. Eigentlich ja kein Wunder. Als ich meinem Vater eröffnete, dass ich bei der BNP nun fest angestellt sei, meinte er:

«Das überrascht mich nicht.»

«Wirklich nicht?»

«Also wenn wir früher Monopoly gespielt haben, wolltest du immer die Bank sein.»

« … »

Zur Zeit meines Praktikums stand das Bankenwesen in seiner vollen Blüte. Als dann François Mitterrand Staatspräsident wurde und es plötzlich kommunistische Minister gab, galt es, auf die vermögendere Klientel beruhigend einzuwirken. Ich begriff sofort, was einen guten Bankangestellten ausmachte. Fasziniert beobachtete ich Laroche, Aurélien Laroche, einen wahren Künstler des Finanzbusiness. Es hieß, er sei imstande, selbst einem Toten eine Lebensversicherung zu verkaufen (ein bisschen Bankangestelltenhumor). Und ich glaube, er mochte es, wenn ich ihn so beobachtete. Er war auch derjenige, der das Vorstellungsgespräch mit mir geführt hatte. Er meinte, ich habe das für einen Bankangestellten spezifische Äußere.

«Weißt du, Bernard … um in einer Bank zu arbeiten, muss man vor allem das richtige Bild abgeben …»

«…»

«Und du passt wunderbar in das Bild, das man sich von einem Bankangestellten macht. Ich pfeif auf dein abgeschlossenes Studium, deinen Lebenslauf und deine Referenzen. Du gibst einfach das richtige Bild ab.»

«…»

«Du siehst wie der geborene Bankangestellte aus und deshalb bist du hiermit eingestellt.»

«Vielen Dank …», murmelte ich und wusste nicht recht, ob ich mich jetzt freuen sollte.

Wie auch immer, ich habe von diesem Mann viel gelernt, und er wird mir für immer im Gedächtnis bleiben. Ein paar Jahre später, er war noch nicht einmal sechzig, raffte ihn eines Nachmittags ein Herzinfarkt dahin. Er fiel einfach rückwärts vom Stuhl. Anfangs standen wir wie angewurzelt da und dachten, das sei wohl einer seiner üblichen Scherze. Laroche war eine Stimmungskanone, ein Typ, der zwei oder drei Leben gleichzeitig zu führen schien, insofern war es kaum vorstellbar, dass mit einem Schlag nun alles vorbei sein sollte. Aber er machte keinen Mucks mehr. Drei Tage später versammelte sich die gesamte Belegschaft um sein Grab. Auch wenn niemand weinte, waren wir doch im Gefühl der Trauer vereint. Aber da war noch ein anderes Gefühl. Wie soll man es nennen? Vielleicht ein Gefühl der Bestürzung? Ja, genau. Ein Gefühl der *Bestürzung*. Wir waren bestürzt, weil kaum Angehörige bei der Beerdigung waren. Auf einmal sprang uns ins Auge, wie das Leben Laroches wohl tatsächlich ausgesehen hatte. Er war so allein, er, der immer von seinen Wochenendausflügen mit Freunden erzählt hatte, von seiner Frau und zahlreichen Liebhaberinnen, von den samstäglichen Partys, die bis in die frühen Morgenstunden dauerten. So schrecklich allein. Außer den Mitarbeitern der Bank waren noch etwa zehn andere Leute da. Darunter seine Frau und sein einziger Sohn. Die beiden machten keinen wirklich betroffenen Eindruck. Die ganze Szene hatte etwas Unnatürliches. Ich versuchte, ein paar tröstende Worte für seine Frau zu finden, aber so zaghaft, wie ich diese Worte hervorbrachte, verhallten sie wahrscheinlich ungehört. Vielleicht gab es einfach nichts zu sagen.

Das Leben in der Bank nahm sehr schnell seinen gewohnten Gang wieder auf. Von Laroche redete bald niemand mehr. Man hatte ihn vergessen. Und mit der Zeit verblasste meine Erinnerung an den Sommer 1981, der mir mittlerweile so weit weg erscheint, dass ich mich frage, ob er tatsächlich stattgefunden hat. Die Jahre sind wie im Flug an mir vorbeigezogen. Im November schloss ich die Augen, um sie im März des folgenden Jahres wieder zu öffnen. Ich arbeitete wie ein Verrückter. Außerhalb der regulären Bürozeiten besuchte ich die Fortbildungsveranstaltungen, die die BNP anbot, um mich über die neuesten Finanzprodukte auf dem Laufenden zu halten. Nichts sollte mir entgehen. Mein Fleiß zahlte sich aus, ich avancierte zum Finanzberater. Mit eigenem Kundenstamm und eigenem Büro. Und sogar mit meinem Namen an der Tür. Es mag lächerlich klingen, aber am Tag meiner Beförderung stand ich eine ganze Weile vor dieser Tür. Der eigene Name an der Tür ist so eine Art Existenzbeweis. Endlich fing ich an zu existieren. Die Visitenkarte war ein weiteres wichtiges Beweisstück. Ich führte mich mit dieser Karte auf wie ein kleiner Junge. Jeder bekam eine Karte von mir, ich liebte es, mit meiner Karte um mich zu werfen. Es war die goldene Ära der Banken. Die Immobilienpreise schossen immer weiter in die Höhe. Kredite mussten aufgenommen werden, man investierte. Das System stand voll im Saft. Wenn ich meine Visitenkarte zückte, kam mir ein Schwall von Bewunderung entgegen. Ein Leben wie im Schlaraffenland.

Und auf einmal ging es bergab. Mit der *Subprime-Krise* in den USA fing alles an. Die Banken hatten großzügig Kredite gewährt und damit Tausende von Haushalten an den Rand des Untergangs getrieben. Die Hauskäufe wuchsen auf Treibsand. Im Zeitalter der neuen Technologien wollte sich auch das Geld mal ein bisschen virtuell geben. Aber irgendwann zieht einen die Wirklichkeit zur Rechenschaft, fordert die Macht des Geldes ihren Tribut. Eine der größten Banken der Welt ging pleite und riss die halbe Finanzwelt mit sich. Überrascht starrten wir in den Abgrund. Europäische Banken gerieten ebenfalls ins Wanken. Ganze Staaten standen vor dem Ruin. Das Misstrauen gegen die gesamte Branche wuchs, man sah die Verwüstungen, die die Spekulation angerichtet hatte. Ich spürte, wie das Ansehen meines Berufs litt. Man beschimpfte uns als Scharlatane. Und Typen wie Madoff taten das ihrige dazu. Dieser Drecksack heißt auch noch Bernard. Bernard Madoff. Er hat Hunderte seiner Kunden zugrunde gerichtet und manche in den Selbstmord getrieben. Wie lebt es sich wohl, wenn man so viele Leben zerstört hat? Madoff wurde zu 150 Jahren Haft verurteilt. Ich wusste gar nicht, dass so etwas möglich ist. Wahrscheinlich glauben die Amerikaner an Reinkarnation. Das Baby, als das Madoff dann wiedergeboren wird, kommt bestimmt gleich im Gefängnis zur Welt.

Und auf einmal wurde ich mit solchen Kerlen in eine Reihe gestellt. Ein Bankkaufmann galt plötzlich als potenzieller Betrüger, als skrupelloser Geier, der sich auf Kosten von armen Kleinsparern bereicherte. Die Leute hatten keine Ahnung, dass ich keinerlei Provisionen einstrich, sondern ein anständiges, aber auch nicht maßloses Gehalt bezog und gerade mal den Kredit für unsere Pariser Dreizimmerwohnung abbezahlt hatte. Sämtliche Bonuszahlungen waren aufgrund der prekären Lage ausgesetzt worden. Auch wenn die BNP nicht so tief in die Skandale verstrickt war wie der Crédit Lyonnais oder die Société Générale, war die Kluft zwischen meinem Beruf und seiner Außenwahrnehmung doch spürbar. Die Wohnung von Alice in São Paulo musste ich auch noch bezahlen. Ich schwamm also nicht unbedingt in Geld, aber ich durfte mich auch nicht beklagen. Was Nathalies Situation anging, liefen sogar ihr zum Teil die Kunden davon. In harten Zeiten an sich selbst zu arbeiten war zum Luxus geworden.

Ich bekam eine Vorladung zu Laperche. Jean-Philippe Laperche. Mein Chef. Seit fast drei Jahren war er nun Leiter unserer Filiale. Während die einen (ich zum Beispiel) im Schweiße ihres Angesichts mühsam von Stufe zu Stufe die Karriereleiter hinaufklettern, sind die anderen immer schon oben angekommen (er zum Beispiel). Sein sprödes Wesen entstammte einem alten großbürgerlichen Geschlecht, er hatte natürlich an den besten Universitäten studiert, auch in den Vereinigten Staaten, und es verwundert nicht, dass er, ohne allzu sehr ins Schwitzen zu geraten, einen Platz an der französischen Elitehochschule zur Ausbildung hoher Verwaltungsbeamter bekam. Ich erkannte seine Fähigkeiten auf dem Gebiet der Betriebsführung an, im zwischenmenschlichen Bereich war er hingegen nicht sonderlich begabt. In den drei Jahren seiner Amtsführung hatte er nicht die geringste Anstrengung unternommen, sich mit irgendjemandem anzufreunden.

Abgesehen von den Sekretärinnen und weiblichen Lehrlingen freilich, die er unermüdlich in sein Büro zu locken und zu vögeln suchte. Da konnte man dann entdecken, dass sein Gesicht auch über die Option Lächeln verfügte. Ich verachtete ihn, aber wie jeder Mensch, der seinen Job nicht verlieren will, bemühte ich mich, freundlich zu sein. Über meine kleinen Triumphe verlor er nie ein Wort, anscheinend vertrat er die Ansicht, dass Leistung keines weiteren Kommentars bedurfte. Auf der anderen Seite ließ er mich jedes Mal in sein Büro zitieren, wenn ich auch nur den leisesten Fehler beging. Insofern hatten unsere Unterredungen selten einen angenehmen Beiklang. Das heißt, ich befand mich in einem fieberhaften Zustand, als ich mich in sein Büro aufmachte.

Kaum hatte ich einen Fuß in die Tür gesetzt, befahl er mir schon, mich zu setzen. Was ich natürlich prompt tat. Dann begann er zu telefonieren. Ohne mich eines Blickes zu würdigen oder sich gar zu entschuldigen. Offenbar spürte er meine Ängstlichkeit, und dies steigerte sein sadistisches Verlangen, den Augenblick in die Länge zu ziehen. Ich durfte das ganze Gespräch mithören, es ging um ein Familienessen, das er ungeniert vor meinen Ohren ausbreitete und bis in die kleinsten Details organisierte.

«Entschuldigen Sie, Bernard*. Das war dringend. Die Frauen, Sie wissen ja …»

« … »

* Das erste Mal, dass er mich bei meinem Vornamen nannte.

«Na ja, egal. Warum wollte ich Sie eigentlich sprechen?»

« … »

«Ich meine das ernst, warum überhaupt? Ich hab den Verstand verloren, das ist die einzige Erklärung, die ich habe.»

«Och … es fällt Ihnen bestimmt gleich wieder ein …»

«Ach ja … genau … oh je …», meinte er mit plötzlich verfinsterter Miene.

Er wandte sich seiner Kaffeemaschine zu.

«Möchten Sie auch eine Tasse, Bernard?»

«Äh … ja. Danke …»

Normalerweise trinke ich nach fünfzehn Uhr keinen Kaffee mehr, ich kann sonst nachts nicht schlafen. Doch in dem Fall war ich nach kurzer Überlegung zu dem Schluss gelangt, dass der gute Ton gebot, das Angebot anzunehmen. Jedermann kannte Laperches Kaffeeleidenschaft. Er trank über zehn Tassen am Tag, er hätte es als Affront verstehen können, wenn ich abgelehnt hätte. Und außerdem war das ja eine Premiere. Nie zuvor hatte er diese Geselligkeit in Flüssigform mit mir teilen wollen. Aber auf einmal blitzte eine düstere Vorahnung in mir auf: Das konnte nur ein schlechtes Zeichen sein. Während Laperche also eifrig herumhantierte, mir einen Kaffee zubereitete und sich erkundigte, wie ich ihn haben wolle, kleine oder große Tasse, mit oder ohne Zucker, mit Milch oder ohne Milch, fragte ich mich, was er mir wohl mitzuteilen hatte. Ja, je mürber er mich machte mit seinen Kaffeevariationen, desto klarer sah ich, dass es eigentlich nur eine einzige Möglichkeit gab: Er würde mich rausschmeißen, mich feuern.

Schließlich befand sich die Bank in einer sehr schwierigen Lage. Sie saß ordentlich in der Kreide. Gutes Krisenmanagement war gefragt, um den Konkurs abzuwenden. Und da führte am Personalabbau kein Weg vorbei. Erst vergangene Woche hatte Lambert sein Kündigungsschreiben erhalten. Die arme Sau. Verheiratet, zwei kleine Kinder. Es war ein furchtbarer Schock für ihn gewesen. Während er seine wenigen Habseligkeiten in Pappschachteln packte, standen wir alle um ihn herum, so als moralische Stütze, wir klopften ihm aufmunternd auf die Schulter und meinten, die Konjunktur würde schon wieder in Schwung kommen, das sei einfach eine schlechte Zeit, eine Pechsträhne, die bald vorbeigehen werde. Und während wir, so gut es ging, beruhigend auf ihn einwirkten und unsere Trauer- und Novembermienen aufsetzten, hüpften unsere Herzen vor Sommerglück, da braucht man sich nichts vorzumachen, so erleichtert waren wir, dass uns dieses Schicksal erspart blieb und es bloß Lambert getroffen hatte.

Zwei Minuten lang sah Laperche in religiöser Andacht dem Kaffee zu, wie er langsam in die Tassen floss. Als er endlich meine Tasse nahm und sie mir reichte, hätte man fast glauben können, er würde mir gleich eine sagenhafte Gehaltserhöhung in Aussicht stellen.

«Sie müssen mir sagen, wie er Ihnen schmeckt. Die Bohnen lasse ich extra aus Kolumbien einfliegen …»

«Aha …»

«Oh ja, für eine wahre Leidenschaft scheut man keine Mühen und Kosten …»

«Ja, nur keine Mühen und Kosten scheuen …»

«Na gut … also … warum ich Sie eigentlich sprechen wollte, Bernard …»

« … »

«Sie wissen ja, wir befinden uns zur Zeit in einer sehr schwierigen Lage …»

«Ja …»

«Jambert habe ich bereits … entlassen müssen …»

«Lambert.»

«Bitte?»

«Sein Name ist Lambert, Monsieur Laperche.»

«Ja, sag ich doch. Lambert. Eine ehrliche Haut. Das war keine leichte Entscheidung für mich, das kann ich Ihnen sagen. Na gut, aber ich habe sie nach bestem Wissen und Gewissen gefällt. Ich dachte mir, er ist noch jung, er kann vielleicht eine andere Arbeit finden … Aber sicher ist das heutzutage natürlich nicht … Glauben Sie, es war die richtige Entscheidung?»

«Was … war richtig?»

«Na ja … Lambert zu entlassen.»

«Aber … woher soll ich das wissen … ich …»

«Ich hätte genauso gut Patino entlassen können. Was halten Sie eigentlich von Patino?»

«Sie fragen mich, was ich von Patino halte?»

«Ja, das frage ich Sie jetzt einfach mal.»

«Äh … hm … also Patino ist immer sehr professionell …»

«Ach … finden Sie? Hm, okay. Na gut … Sie haben wahrscheinlich recht. Dann behalte ich Patino eben.»

« … »

«Wissen Sie, ich habe Anweisungen von oben erhalten. Scheußliche Anweisungen. Von ganz oben. Die Direktion hat sämtliche Filialleiter angewiesen, nach Lösungen Ausschau zu halten …»

« … »

«Das heißt, es müssen alle die Ärmel hochkrempeln … und ich muss noch mehr Personal abbauen, was bestimmt nicht ganz einfach wird.»

«Ah …»

«Aber ich werde sicher keinen Finanzberater vor die Tür setzen. Finanzberatung ist für uns etwas ganz Grundlegendes. Finanzberatung gehört zu unseren Kernkompetenzen.»

«Ja, da bin ich ganz Ihrer Meinung.»

«Dafür werde ich Mireille entlassen. Sie macht zwar einen ausgezeichneten Job am Schalter und hat immer für jeden ein Lächeln übrig, aber ich muss die Personalkosten verringern.»

«Verstehe …»

«Und ich möchte, dass Sie ihren Aufgabenbereich übernehmen.»

«Bitte?»

«Ich meine, natürlich nicht die ganze Zeit. Sie behalten Ihr Büro und Ihren Arbeitsplatz. Aber Sie müssen vielleicht zwanzig Stunden die Woche am Schalter aushelfen.»

« … »

«Haben Sie mich verstanden?»

«Äh … ja.»

«Und was sagen Sie?»

«Aber … das geht überhaupt nicht.»

«So sieht's aber nun mal aus. Anders geht's nicht.»

«Und … was wird aus meinen Kunden?»

«Das müssen Sie irgendwie managen … Verstehen Sie, ich hab gar keine andere Wahl. Anders geht's nicht.»

« … »

«Darf ich Ihnen noch einen Kaffee anbieten?»

Wie benommen verließ ich sein Büro. Um meine Stelle nicht zu verlieren, musste ich mich auf die niederste Stufe der sozialen Leiter herablassen. Aber warum ausgerechnet ich? Ich arbeitete doch schon so lange hier. Das hatte ich nicht verdient. Als ich wenigstens eine Erklärung von ihm verlangt hatte, war seine Antwort recht lakonisch ausgefallen: «Bernard, man braucht am Schalter Leute wie Sie. Sie geben genau das richtige Bild ab …» Das Bild, das ich abgab, hatte ja schon für einiges herhalten müssen. Was für eine Demütigung. Das musste man alles hinnehmen, um nicht rauszufliegen. Ich schloss mich in meinem Büro ein. Am liebsten hätte ich geschrien oder geweint. Ich tobte innerlich, doch ich blieb dabei regungslos sitzen. Die gemütliche Form des Donnerwetters. Wahrscheinlich lähmte mich der Schock. Jedenfalls hatte ich das Gefühl, dass die letzten dreißig Jahre sich gerade in nichts auflösten.

5

Von dem Zeitpunkt an begann ich, alles in mich hineinzufressen. Unmöglich, meiner Frau von dieser Schmach zu berichten. Am ersten Abend saß ich auf der Couch wie einer, der nach einem totalen Gedächtnisschwund versucht, sich an sein Leben zu erinnern. Ich schaute fern, das heißt: Ich schaute eigentlich nicht fern, ich beobachtete vielmehr den Fernsehapparat. Während Nathalie wiederum mich beobachtete. Ich sandte, um mich möglichst normal zu geben, hie und da ein sanftes Lächeln in ihre Richtung aus und hoffte, dass es einen entspannten Eindruck machte. Ihr fassungsloser Gesichtsausdruck führte mir jedoch vor Augen, dass mein Lächeln eher wie das eines Irren wirkte oder wie die letzten Zuckungen einer Glühbirne, die gerade den Geist aufgibt. Schließlich verkündete sie, sie würde ins Bett gehen und lesen. Was für eine Erleichterung. Ich hatte genug durchgemacht heute, mir fehlte die Kraft, jetzt auch noch den Ehemann zu spielen, der nur müde ist und sonst nichts.

Bald darauf ging ich auch ins Bett. Das Schlafzimmer lag in einer mir freundlich scheinenden Dunkelheit. Ich brauchte nicht mit Nathalie zu reden. Seit meinem Gespräch mit Laperche wollte ich mich nur noch in Schweigen und Finsternis hüllen. Allein das Nichts vermochte meinen Kummer zu lindern. Als ich mich jedoch hingelegt hatte (es war kurz nach Mitternacht), machte Nathalie Licht.

«Entschuldige … hab ich dich aufgeweckt?», murmelte ich.

«Ist das alles, was du mir zu sagen hast?»

«Pardon?»

«Hast du vergessen, was heute für ein Tag ist?»

«Was? … Wen … was hab ich …»

« … »

«Oje, du hast ja heute Geburtstag!»

« … »

«Oh, mein Schatz … das tut mir echt leid …»

« … »

«Ich bin wirklich … ich weiß gar nicht, was ich sagen soll … ich bin einfach zu …»

« … »

Jetzt wurde mir klar, warum sie den ganzen Abend so um mich herumgeschlichen war. Sie erwartete, dass ich zu irgendwelchen Taten schritt. Ich hatte tatsächlich ihren Geburtstag vergessen. Und da braucht man nun nicht lange herumzureden: Ein solches Vergehen wird im Land der Ehe mit der Höchststrafe geahndet. Beschleunigtes Verfahren. Widerspruch zwecklos. Zwar hätte ich zu meiner Verteidigung die Probleme in der Arbeit ins Feld führen können, doch das hätte die Sache nicht wieder eingerenkt. Nach einer Weile, während ich noch meine Entschuldigungen stammelte, richtete Nathalie sich auf:

«Bernard, so geht das nicht weiter.»

«Wieso? Was redest du denn da? Ich hab mich doch entschuldigt. Ich hab eben gerade so meine Sorgen. Aber ich werd mich schon wieder fangen.»

«Nein, zu spät. Die Zeichen sind einfach zu deutlich. Wir schauen uns doch schon seit Monaten überhaupt nicht mehr an. Das ist jetzt bloß der Tropfen, der das Fass ...»

«Von wegen. So ein Quatsch! Ich schaue dich die ganze Zeit an.»

«Und was war das heute Abend?»

«Das kann doch mal vorkommen.»

«Dass man den Geburtstag seiner Frau vergisst, das kann mal vorkommen? Mach dir doch nichts vor. Warum sagst du mir nicht die Wahrheit? Du bist doch in Gedanken immer ganz woanders.»

« ... »

Das stimmte nicht, das war schlicht und ergreifend falsch. Aber obwohl ich spürte, dass ich sie sehr verletzt hatte, war ich nicht imstande, ihr zu sagen, was passiert war. Sie machte mir nicht direkt Vorwürfe, sie betrachtete den Abend lediglich als Beleg dafür, dass wir uns wohl allmählich auseinandergelebt hätten, was ich ja überhaupt nicht so sah. Aber meine Wahrnehmung hinkte der Wirklichkeit immer hinterher. Ich wusste es. Das war so eine

Macke von mir. Ich verstand die Menschen erst, wenn ich zu ihrer Beerdigung kam.

Die weiteren Entschuldigungen, die ich stammelte, waren verlorene Liebesmüh. Zum zweiten Mal an diesem vermaledeiten Tag gingen die Lichter aus. Bei meinen Einschlafversuchen flüchteten meine Gedanken zu meiner Tochter, aber das war auch keine gute Idee, meine Tochter war über alle Berge, die Zeit, in der Kinder ein Beruhigungsmittel sein können, endgültig vorbei. Ich fand nichts Tröstliches, woran ich mich hätte festklammern können, trieb auf kein rettendes Ufer zu, also irrte ich reglos (um den Schlaf meiner Frau nicht zu stören) durch mein inneres Labyrinth.

Am nächsten Morgen unternahm ich den pathetischen Versuch, das Frühstück mit ein wenig Lebensfreude zu würzen. Ich dachte, ich könnte zum Beispiel anstatt des üblichen Nachrichtensenders mal das Jazzradio einstellen. Mein Bemühen, die Sache wieder auszubügeln, fing mit der Wahl des richtigen Soundtracks an. Aber Nathalie ging einfach zur Arbeit und ließ mich mit dem Jazz allein. Eine Weile saß ich in der verwaisten Küche und starrte ins Leere, als mir plötzlich wieder einfiel, dass mir Jazz ja total auf die Nerven ging. Das war mal wieder typisch. Ich strengte mich an, gab mein Bestes und vergaß dabei das Wichtigste. Das, was ich eigentlich wollte, woran mir wirklich gelegen war. Unsere Beziehung. Vollkommene Unschlüssigkeit hüllte mich ein, mein Herz fühlte sich kalt an.

6

Die darauffolgenden Wochen waren äußerst unangenehm. Nathalie konnte mir nicht verzeihen, dass ich ihren Geburtstag vergessen hatte. Das heißt, so kann man das auch wieder nicht sagen. Sie fand eben, dass ein Geburtstagsvergessen tief blicken lasse. Sie sagte Sachen wie:

«Es ist aus mit uns.»

« … »

«Es ist schon lange nicht mehr so wie früher.»

Ich wusste nicht recht, was ich darauf antworten sollte. Wozu überhaupt antworten? Nathalie wollte gar nichts hören. Sie meinte: «Ich brauche Zeit zum Nachdenken.» Und dass das nichts Gutes verheißen konnte, dürfte wohl jedem klar sein. Wenn eine Frau sagt, sie braucht Zeit zum Nachdenken, hat sie lange genug nachgedacht. Allmählich durchschaute ich das Spiel. Ein einigermaßen kompliziertes Spiel. Sie wollte die Trennung, aber eine möglichst schmerzlose. Aber so konnte das doch nicht laufen. Ich liebte sie viel zu sehr, als dass sich das Ganze schmerzlos hätte abwickeln lassen. Unter Umständen wäre mir eine heftige Szene, vielleicht sogar mit Gewaltausbrüchen, lieber gewesen als so ein Abschied auf Raten.

Sie brachte mich so weit, dass ich in eine vorübergehende Trennung einwilligte. Ich hatte eingesehen, dass es uns vielleicht ja guttun würde, wenn wir beide ein wenig zur Ruhe kämen. Vor allem hatte ich kapiert, dass es das Einzige war, was Besserung in Aussicht stellte. Es war wichtig, auf ihre Vorschläge einzugehen, auch wenn ihre Vorschläge unselig und absurd waren. Ich schlüpfte in die Rolle des ehrenwerten Mannes, der seine Ehe retten will, dabei hatte ich noch nicht einmal den Krisenbefund verstanden. Dass es im Hinblick auf die Einkommenseinbußen, die wir zu verkraften hatten, sowie die Kosten, die das Praktikum unserer Tochter am anderen Ende der Welt verursachte, nun nicht gerade der günstigste Moment war, unsere kümmerlichen Ersparnisse in eine Trennung zu investieren, wagte ich gar nicht zu erwähnen. Am liebsten hätte ich ihr gesagt, dass uns für so ein bürgerliches Trauerspiel das Geld fehlte. Doch ich beschloss, den Kopf einzuziehen und zu warten, bis die Turbulenzen vorübergingen. Sie gingen bestimmt vorüber, ich brauchte bloß den Gurt fester zu schnallen.

So packte ich leichthin meinen Koffer, so als würde ich mir nur ein paar Tage Urlaub von meiner Frau nehmen. Ich wollte das Drama nicht aufbauschen oder unser Verhältnis weiter belasten, lieber log ich mir selbst in die Tasche und äußerte mich wohlwollend bezüglich ihrer Ideen.

«Alles in Ordnung mit dir?», erkundigte sie sich.

«Ja, alles in Ordnung. Du hast recht. Eine zeitweilige Trennung wird uns sicher guttun.»

«Schön, dass du mich so gut verstehst.»

«Ja, ich kann dich gut verstehen, Nathalie. Ich verstehe alles. Vielleicht hilft das ja, diese komische Trennung zu vermeiden. Mir ist jetzt alles sonnenklar.»

«Bernard …»

«Okay, ich hör schon auf damit.»

« … »

« … »

«Wo kommst du unter? Bei Jean-Marc?»

«Nein.»

«Bei Jean-Michel?»

«Nein. Ich will niemanden sehen. Ich geh ins Hotel.»

«Aha …»

«Na ja, nur für ein paar Tage. Ich werde wie ein Tourist leben.»

«Ah ja, genau. Wie ein Tourist in Paris …»

« … »

Ich wollte ihr sagen, ich würde wie ein Tourist durch mein eigenes Leben streifen und tagelang allein ziellos durch die Gegend ziehen. Aufrecht wie ein Mann verließ ich die Wohnung, dabei war mir zum Heulen zumute wie einem Kind. Ich wollte mich ihr zu Füßen werfen und sie anflehen, mich nicht zu verlassen. Und ich fragte mich, wie ich mit den Jahren so zerbrechlich hatte werden können. Als ich noch jung gewesen war, hatte ich nie solche Empfindungen gehabt. Meine Existenz hatte sich auf die Gefühlskälte meiner Eltern gegründet. Ich hatte sogar eine gewisse Stärke daraus gezogen. Meine berufliche Karriere hatte so verheißungsvoll begonnen. Zehrt die Wirklichkeit mit jedem Tag unsere Glücksvorräte auf? Ich hatte überhaupt keine Freude mehr an den Dingen des Lebens, war nur noch ein trister Schatten meiner selbst. Irgendetwas in mir war anscheinend zu Bruch gegangen, alles Schöne schien mir so unerreichbar fern. Und ich wusste nicht einmal, wie das hatte geschehen können. Andererseits brauchte ich mich fast nicht zu wundern. Irgendwie war mein Leben doch schon immer dem Gesetz des in mir angelegten großen Scheiterns gefolgt.

Ich quartierte mich in einem Hotel in der Nähe der Bank ein. Das war das einzige Auswahlkriterium für mich: zu Fuß zur Arbeit gehen zu können. Meine Kunden aus der Provinz, die sich während ihrer Parisaufenthalte dort eingemietet hatten, hatten mir von dem Etablissement erzählt. Den Berichten zufolge lag es in einer ruhigen Seitenstraße abseits von dem Trubel, der sonst im Viertel herrschte. Es roch schwer nach Seitensprungparadies, doch was mich betraf, hatte ich ja nichts dergleichen vor. Nach einem prüfenden Blick auf die Größe meines Koffers fragte die Dame am Empfang:

«Ein Zimmer für eine Nacht?»

«Öh … nein …»

«Das heißt? Wie lange wollen Sie bleiben?»

«Weiß ich noch nicht.»

«Oh …»

« … »

«Haben Sie vielleicht … Beziehungsprobleme?», fragte sie kess.

« … »

«Verzeihen Sie, das war jetzt sehr indiskret.»

«Nein … nein … aber geben Sie mir doch einfach ein Zimmer. Bitte.»

«Aber selbstverständlich. Nehmen Sie die 114. Erster Stock, am Ende des Flurs. Ja, das ist genau das richtige Zimmer für Sie. Sie werden sich bestimmt wohlfühlen.»

«Danke, aber ich fühle mich bereits wohl.»

«Na, umso besser. Umso besser.»

« … »

Sie blickte mir tief in die Augen, bevor sie mir den Zimmerschlüssel überreichte. Dann ging ich verstört nach oben. Wie konnte man nur solche Mutmaßungen äußern …

Ließ sich mir alles so leicht vom Gesicht ablesen, so wie man einen Roman liest? Oder war mein Schicksal so gewöhnlich? Was für eine schreckliche Vorstellung, dass man mich offensichtlich nur anzusehen brauchte, um zu dem Schluss zu gelangen: «Dieser Mann hat eindeutig Ärger mit seiner Frau.» Ich wollte ein großer Mysteriöser sein, unergründlich. Das heißt, ich war durchaus bereit zu leiden, aber unter der Voraussetzung, dass mein Leiden etwas Besonderes darstellte. Ich wollte mich nicht damit abfinden, einfach eine arme Sau mit irgendwelchen Allerweltssorgen zu sein. Diese Frau musste rätseln, ob ich ein

Tourist oder ein Geheimagent war, oder ob mich ein Rendezvous von höchster erotischer Wichtigkeit erwartete. Ihre Worte gingen mir nicht mehr aus dem Kopf, es war so dämlich. Sie hatte wahrscheinlich einfach drauflosgeredet, ohne groß nachzudenken, aber was sie gesagt hatte, löste in mir ein scheußliches Gefühl aus. Ich hatte die Schnauze voll von mir, ich war zu vorhersehbar. Mir war dieser stinknormale Typ, der ich war, unerträglich.

An Schlaf war nicht zu denken. Ich lag apathisch im Bett und sinnierte über die harten Schläge, die ich einstecken musste. Auf Fernsehen hatte ich keine Lust, auf Lesen auch nicht. Nach einer Weile schaltete ich meinen Laptop ein und schrieb Alice eine E-Mail. Nathalie und ich hatten uns darauf geeinigt, ihr vorerst nichts zu sagen. Ein gemeinsamer Entschluss, der mich in gewisser Weise zuversichtlich stimmte. Solange wir das Drama nicht öffentlich machten, hing es irgendwie in der Luft. Über diesem tröstlichen Gedanken, einer halbwegs gelungenen Mischung aus Fabulierlust und Selbstmanipulation, dämmerte ich ein.

Irgendwann in der Nacht bildete ich mir ein, ein paar Gesprächsfetzen aufzuschnappen, die vom Flur her zu kommen schienen. Ich weiß nicht, ob ich träumte oder wachte, wahrscheinlich ein wenig von beidem. Es kam mir nämlich so vor, als hörte ich meine Eltern, die sich auf Japanisch unterhielten.

7

Am nächsten Morgen wachte ich sehr früh auf. Zu früh zum Frühstücken. Rasch zog ich mich an, obwohl es ja keinen unmittelbaren Grund zur Eile gab. Ich setzte mich auf die Bettkante und schaute durch die offene Tür ins Bad, wo ein riesiger Spiegel an der Wand hing. Beim Anblick des Schauspiels, das mein Gesicht bot, schien mir die Zeit noch langsamer zu vergehen. Wenn man meine Nase eingehender betrachtete, kam richtig Langeweile auf. Die Augen zu schließen machte die Sache kaum besser. Das konfrontierte mich nur mit meinem Bewusstsein, jenem verwahrlosten Gelände, wo allerlei Unverständnis und ein wenig Enttäuschung wucherten, wo eine heftige Brise Wehmut wehte, die sich mit zarter Melancholie vermischte, und wo sich meine heimlichen Gelüste und unterdrückten Sehnsüchte tummelten. Eine Art gefügiges Tohuwabohu, das Ganze.

Körperlich hingegen war ich fit. Ich spürte eine seltsame Energie in mir, wie man sie manchmal nach durchzechten Nächten hat. Der Körper wiegt sich (aus Stolz?) für ein paar Stunden in Illusionen. Im weiteren Verlauf des Tages würde sich zeigen, wie lange ich das durchhielt, aber fürs Erste fühlte sich alles leicht an. Um Punkt sieben ging ich hinunter in den Frühstücksraum. Ich wunderte mich, als ich wieder von derselben Empfangsdame begrüßt wurde. Warum hängte sie nach der Nachtschicht noch eine Frühschicht dran? Die Art, die sie mir gegenüber an den Tag gelegt hatte, hatte mich auf eine falsche Fährte gelockt: Ich hatte sie für eine schlampige Aushilfe, den Inbegriff der Lustlosigkeit gehalten. Nun erwies sich mein erster Eindruck wie so oft als falsch. Immerhin hatte ich mit der Zeit gelernt, meinen eigenen Intuitionen zu misstrauen. Und ich machte noch eine weitere erstaunliche Beobachtung: Ihr Gesicht wirkte im Vergleich zum Vorabend vollkommen unverändert. Die Nacht konnte ihr wohl nichts anhaben. Als sie mich sah, sandte sie ein breites Lächeln aus. Die stumme Variante einer lebhaften Begrüßung. Doch ihr betontes Lächeln ließ mich auch ahnen, dass ihr in meiner Gegenwart irgendwie unbehaglich zumute war, was bestimmt an dieser unpassenden Bemerkung lag, die sie gemacht hatte. So kam sie denn auch mit etwas betretener Miene auf mich zu:

«Bonjour, Monsieur. Haben Sie gut geschlafen?»

«Ja, danke.»

«Was darf ich Ihnen bringen?»

«Ich hätte gern … einen Tee. Mit ein bisschen Milch drin.»

«Sehr gern.»

« … »

«Ich wollte mich noch mal entschuldigen wegen gestern. Das war wirklich sehr ungeschickt von mir …»

«Schwamm drüber.»

«Wenn Sie irgendwas brauchen, rufen Sie mich einfach.»

«Natürlich, danke.»

Damit ließ sie mich in dem winzigen Frühstücksraum allein. Ich guckte ziemlich dumm aus der Wäsche. Diese Frau hatte offensichtlich eine gespaltene Persönlichkeit. Am Abend sprudelte alles, was ihr gerade so durch den Kopf ging, nur so aus ihr hervor (der Todesengel der Anstandsregeln), und am Morgen erging sie sich in Entschuldigungen. Wollte sie mich damit von meinem Kummer ablenken? Ich war ihr dankbar, dass sie meine Gedanken für einige Minuten in Anspruch nahm und mich von meinen Sorgen ablenkte. Dann erschien sie wieder und brachte mir aus der Küche meinen Tee, dazu ein paar Scheiben Toast, die genau die richtige Bräunung aufwiesen. Der Raum war so klein, dass ich mir wie in einer Privatwohnung vorkam. Fast hätte man uns für zwei Verliebte halten können, die nach dem gemeinsamen Aufwachen zu Hause frühstückten. Als ein deutsches Touristenpärchen hereinschneite, fand meine dumpfe gedankliche Abschweifung ein jähes Ende. Meine Hotelangestellte* empfing sie mit einem breiten Lächeln. Das gleiche Lächeln, das sie zuvor mir geschenkt hatte. Sie zog mich

* Später sollte ich auch noch erfahren, wie sie hieß: Bénédicte. Und ich finde, der Name steht ihr ganz gut.

also nicht den anderen vor. Ich hörte, wie sie mit den Neuankömmlingen ein paar Worte wechselte, und musste anerkennen, dass sie fließend Deutsch sprach, die Sprache, die ich immer vergöttert hatte. Ich fand es sogar erotisch, wenn jemand deutsch redete, was Nathalie sehr belustigt hatte. Ich hatte sie auch gefragt, ob sie nicht Deutsch lernen wolle, damit sie mir am Abend im Schummerlicht ein paar deutsche Worte ins Ohr säuseln könnte. «Du hast doch einen Knall», hatte sie mir liebevoll geantwortet. Was hätte ich jetzt darum gegeben, in ihren Augen einen leichten Knall zu haben.

8

Die Zeit verging, und Nathalie sah keinen Anlass, die Sache wieder ins Lot zu bringen. Ich lebte wie ein Handlungsreisender in meiner eigenen Stadt, aß am Abend im Restaurant mein Komplettmenü, bevor ich über den Nachrichtenschleifen im Fernsehen einschlief. Mehrmals versuchte ich, Nathalie meine etwaige Rückkehr in Aussicht zu stellen. Sie blockte immer gleich ab oder tat so, als würde sie gar nicht verstehen, wovon ich sprach; letztlich lief beides aufs Gleiche hinaus. Ich wollte sie nicht drängen und hoffte, die Zeit würde die Trümmer wieder aufrichten. Man muss dazu sagen, ich hatte auch in der Arbeit meine Müh und Not, was meine privaten Probleme manchmal in den Hintergrund treten ließ. Die Lage in der Bank spitzte sich immer mehr zu. Ich hatte mich damit abgefunden, dass ich zeitweilig am Schalter aushelfen musste. Da saß ich nun in vorderster Front und schlug mich mit Scheckeinlösungen und Geldabhebungen herum und zählte das Geld derer ab, die ihre Rechnungen noch in bar bezahlten. Neukunden hatte ich Rede und Antwort zu stehen, ich beruhigte sie, wenn sie ihr Scheckheft noch nicht erhalten hatten, oder prüfte ihre Kontoauszüge, wenn sie meinten, darauf einen Fehler entdeckt zu haben. Eine zermürbende Aneinanderreihung kleiner Ärgernisse, die mich daran erinnerten, dass ich mich in meinem Büro eigentlich ganz gut aufgehoben gefühlt hatte, trotz des Drucks, unter dem man stand, effizient und gewinnorientiert zu arbeiten. Die Stunden am Schalter waren anstrengend, aber das Gebot der Stunde lautete eben: Ärmel hochkrempeln. Die Finanzbranche war ins Wanken geraten, also versuchte ich, mich irgendwo festzuhalten. Anderen erging es ja noch viel schlechter als mir.

Allerdings gingen einige Beschwerden über mich ein. Oder sagen wir lieber, es gab Anfragen bezüglich meiner Person. Und es gab die erstaunten Blicke meiner Kunden, die, wenn sie zufällig vorbeikamen, mich nun am Fuße der Bankkarriereleiter sitzen sahen. Diese Blicke, denen ich mit einem verhaltenen und verlegenen Lächeln begegnete, waren mir nicht verborgen geblieben. Wenn die Zeit es gestattete und ich für einen Moment abkömmlich war, erklärte ich den Leuten natürlich die Situation. Manche wussten meinen Gemeinsinn zu schätzen, andere dagegen ließen Zweifel an meinen Fähigkeiten erkennen. Als wäre meine Schaltertätigkeit zwangsläufig mit einer Herabstufung verknüpft, die wiederum den Schluss erlaubte, dass ich wohl doch nicht so kompetent war, wie sie geglaubt hatten. Das war jedenfalls der Grund, weshalb Laperche mich in sein Büro einbestellte:

«Ich habe auf Sie gewartet …», grummelte er schon, als ich gerade die Türklinke nach unten gedrückt hatte und noch mitten im Flur stand.

«Oh … hoffentlich bin ich nicht zu spät.»

«Nein, nein, keine Sorge.»

« … »

«Setzen Sie sich.»

« … »

«Ich will nicht lange um den heißen Brei herumreden … Einige Kunden haben Zweifel angemeldet, ob sie von Ihnen auch richtig betreut werden.»

«Aber wieso?»

«Keine Ahnung. Sind Sie zur Zeit vielleicht etwas zerstreut? Haben Sie … private Probleme?»

«Nein … das heißt, das tut nichts zur Sache. Wer hat sich denn beschwert? Und worüber genau?»

«Das werden Sie dann schon mitbekommen. Vindry wird diesen Kunden übernehmen.»

«Vindry? Aber Vindry ist noch ganz neu. Er kennt überhaupt nicht …»

«Vindry ist hochmotiviert.»

«Aber …»

«Ich muss gestehen, mich wundert das Ganze. Mir ist noch nie etwas Schlechtes über Sie zu Ohren gekommen.»

«Ja … mich wundert das auch. Und ich kann auch überhaupt nicht verstehen … also ich verstehe es überhaupt nicht. Vielleicht liegt's daran, dass die Kunden mich am Schalter gesehen haben … das bringt sie ganz durcheinander. Das mit dem Schalter war eine schlechte

Idee. Das muss aufhören. Genau, ich darf nicht mehr am Schalter sitzen …»

«Ah ja … vielleicht liegt's daran. Gut möglich.»

«Dann lassen wir das mit dem Schalter. Ich muss mich um meine Akten kümmern.»

«Das geht nicht.»

«Aber wieso? Sie sehen doch, dass das nicht gerade sehr hilfreich ist …»

«Ich sehe vor allem, dass wir in einer schwierigen Lage stecken. So ist das nun mal.»

« … »

«Und ich muss Sie noch um etwas bitten. Da Sie ja jetzt weniger Kunden haben, können Sie noch mehr am Schalter arbeiten.»

«Aber …»

«Ich habe keine andere Wahl. Ich muss die Filiale leiten, die Bilanzen aufstellen. Verstehen Sie das? Sie müssen das ja nicht machen, ich muss das machen. Und da kann ich mich leider nicht mit Ihren Wehwehchen aufhalten.»

« … »

« … »

«Weniger Kunden, das heißt auch weniger Provisionen …», stammelte ich.

«Sehr richtig.»

« … »

«Jetzt machen Sie nicht so ein Gesicht. Immer optimistisch in die Zukunft blicken. Leute wie Sie werden helfen, die Branche wieder aufzurichten. Schauen Sie sich die Société Générale an, wie die sich gerade den Arsch aufreißen, um ihren Karren aus dem Dreck zu ziehen. Freuen Sie sich, dass Sie nicht entlassen werden.»

« … »

«Ich meine das im Ernst, freuen Sie sich.»

Er gab mir ein Handzeichen, das soviel bedeutete wie: Aufstehen und Abtreten. Laperche war definitiv kein Mann der sanften Überleitungen. Nachdem er mich schon nicht begrüßt hatte, sagte er mir auch nicht Auf Wiedersehen. Ich blieb wie angewurzelt im Flur stehen, der mir noch nie so schmal vorgekommen war. Ein Flur gleich einem immer enger werdenden Trichter. Ich kam keinen Schritt vorwärts. Die Wände bewegten sich auf mich zu. Ich musste mich zur Wehr setzen. Der Feind wurde immer übermächtiger. Ich war wie gelähmt, konnte allerdings nicht bestimmen, ob es rasende Wut oder tiefe Niedergeschlagenheit war, die mich lähmte. Manchmal lösen die unterschiedlichsten Gefühle dieselbe Reaktion aus. Das steigert die Verwirrung. Fragt mich nicht, wie lange ich da im Flur stand und völlig weggetreten war.

Nach einer Weile kam Delphine, vielleicht auch Marguerite oder Rosa, keine Ahnung, eine der Sekretärinnen jedenfalls, vor mir zum Stehen. Sie schwenkte wohl mehrmals die Hand vor meinem Gesicht, um mich in die Realität zurückzuholen, und erkundigte sich nach mir: «Alles in Ordnung mit Ihnen?» Und ich gab sicherlich zurück: «Ja, alles in Ordnung.» Obwohl natürlich gar nichts in Ordnung war. Aber es galt, so zu tun als ob. Und ich tat so. Ich ging auf die Toilette und erfrischte mich mit kaltem Wasser. Mit starrem Blick in den Spiegel nötigte ich meinem Mund ein Lächeln ab, ein strahlendes Lächeln. Mehrmals hintereinander rang ich meinem Kiefer diese Bewegung ab. Lächeln. Ich musste der gesamten Belegschaft beweisen, dass alles in Ordnung war. Ja, alles in Ordnung. Dann auf in den Kampf. Ich spürte zwar einen Kloß im Hals, aber den spürte ich schon seit meiner Kindheit, diesen Angstkloß, mit sieben oder acht hatte ich den entdeckt, da war er wieder, wurde immer größer und erreichte soeben das Genick. Aber ich schlug mich tapfer. Die Angst durfte mir das Lächeln nicht austreiben. Das Lächeln des Mannes, in dessen Rolle ich schlüpfte. In dessen Rolle ich jetzt wieder schlüpfen musste. Ich hatte keine Wahl, es gab gar keine andere Rolle, in die ich hätte schlüpfen können. Und so trug ich beim Verlassen der Toilette dieses synthetische Lächeln auf den Lippen. Lässig spazierte ich Richtung Schalter. Ich setzte mich auf meinen Stuhl und stellte die Bin-gleich-wieder-zurück-Tafel beiseite. Eine schrumpelige Alte wackelte langsam auf mich zu. Die Verkörperung menschlicher Qualen, könnte man sagen. Als sie mir schließlich gegenüberstand, holte ich tief Luft und sprach mit sonnenheller Stimme: «Bonjour, Madame. Was kann ich für Sie tun?»

9

Jahrelang war mein Leben an mir vorbeigezogen, ohne dass ich es mit Händen hätte greifen können, aber nun drohte die Wirklichkeit mir endgültig zu entgleiten. Mit anderen Worten: Ich ließ alles nur noch über mich ergehen. Früher hatte ich mir das Leben als einen unaufhaltsamen Aufstieg vorgestellt. Zunehmender Sachverstand, wachsende Erfahrung und natürlich gesellschaftliches Ansehen mussten unweigerlich zu Karrieresprüngen führen. Aber jetzt stand ich da, mit meinen fünfzig Jahren, übernachtete in einem hellhörigen Hotel und schaute auf meine Träume, die da auf dem Fußabtreter lagen. Was macht man in so einem Fall? Sich aus dem Fenster stürzen? Eine lächerliche Idee, zumal mein Zimmer im ersten Stock lag. Handeln? Meine abwartende Natur mahnte mich zur Geduld, bis die Dinge sich von allein wieder einrenkten. Aber das taten sie ja offensichtlich nicht. Nathalie hatte ich Zeit gelassen, Abstand zu gewinnen, in der Hoffnung, sie würde dann, von Weitem betrachtet, sozusagen aus der Panoramaperspektive heraus, unser Glück erkennen. Doch so war es nicht. Je mehr Zeit verging, desto stärker wurde das Gefühl, dass Nathalie in immer größere Ferne rückte. Aber ich wollte nicht, dass sie irgendwann nur noch ein winziger Punkt am Horizont war. Warum hatte ich mich überhaupt so bereitwillig in mein Schicksal gefügt? Eigentlich hatte sie ja wohl eine Reaktion von mir erwartet. Das wurde mir jetzt klar, da ich des Abends am Fenstersims meines Hotelzimmers lehnte. Ich musste etwas tun, mich ins Zeug legen, um die Abwärtsspirale in meinem Leben zu stoppen. Man konnte mir diese Schicksalsergebenheit als Schwäche auslegen, und vielleicht war es ja auch Schwäche. Das wurde mir in diesem Augenblick endlich bewusst.

Geschwind zog ich meinen Mantel über und lief ins Freie. Ich hielt nach einem Taxi Ausschau, hob auch hie und da den Arm, aber dass dann gleich eines kommt, das passiert eigentlich nur in Filmen. Im echten Leben ziehen sich die Dinge in die Länge, eine Panne reiht sich an die andere, und in dem Moment, in dem man seinem Happy End entgegenrauschen möchte, hält man nach einem Taxi Ausschau. Ich wollte zu Nathalie, ihr sagen, wie sehr ich sie liebte, wie sehr ich unter der derzeitigen Situation litt, weil die derzeitige Situation nicht mehr auszuhalten war. Wie lächerlich das Ganze war. Ich wollte mich wie ein Wahnsinniger aufführen, alles hinschmeißen und mit ihr wegfahren, wieder den Neurotiker spielen wie ganz zu Beginn. Sicherlich trieb mich auch eine Spur von Eigennutz an, ich sah mich nämlich nicht in der Lage, mit meinen Problemen in der Arbeit allein fertig zu werden. Ich brauchte sie, ich brauchte ihre Unterstützung, ihren aufmunternden Blick. Wir gehörten zusammen, und auf einmal ging mir der Sinn dieser Redewendung auf: meine bessere Hälfte. Früher hatte ich mich über diesen Ausdruck oft lustig gemacht. Ich verstand überhaupt nicht, wie man das Gefühl haben konnte, dass einem ohne den anderen eine Hälfte fehlte, aber genau so kam es mir gerade vor. Ich hatte das Gefühl, nicht ganz ich selbst zu sein. Ohne meine Frau. Ohne Nathalie.

Das Taxi brauste durch die Nacht, Paris erschien mir als ideale Kulisse für meinen Überschwang. Der Eiffelturm funkelte, und mein Inneres blühte auf. Die vergangenen Wochen war ich wie betäubt gewesen, aber nun machten sich die Lebensgeister in mir in Form von Herzklopfen bemerkbar. Das Taxi hielt bei mir zu Hause. Der Fahrer dachte bestimmt, dass mich ein erstes Rendezvous oder eine Geliebte erwartete. Denn mein eiliges nächtliches Gebaren passte so gar nicht zu einem Mann, der unterwegs ist zu der Frau, mit der er schon seit Urzeiten verheiratet ist. Von der Straße aus schaute ich hinauf in unsere Wohnung, zu den Fenstern. Ich verlangsamte den Schritt. Um jede Sekunde auszukosten. Im Wohnzimmer brannte Licht. Das hieß, Nathalie war zu Hause, und sie lag noch nicht im Bett. Da erkannte ich auch schon ihr Profil. Sie ging wohl in die Küche, um den Tisch vom Abendessen abzuräumen oder sich einen Kräutertee zu machen. Mein Schatz trank ja so gern Kräutertee. Doch just in dem Augenblick, in dem ich mir ausmalte, was für einen spartanischen Abend meine Frau verbrachte, erkannte ich noch ein zweites Profil. Das Profil eines Mannes. Kein Zweifel. Ein Mann. Ich traute meinen Augen nicht. Bei uns zu Hause befand sich ein Mann. In meiner Wohnung. Ein Mann. Immer wieder sagte ich «ein Mann» vor mich hin, als könnte man auf diese Art die bittere Wahrheit verscheuchen. Ich überquerte die Straße, um vom Trottoir gegenüber besser sehen zu können, was da im Wohnzimmer vor sich ging. Ich hätte mich damit begnügen können, die Katastrophe zu ahnen, aber nein, ich begnügte mich nicht mit einer Ahnung. Ich brauchte vollständige Gewissheit.

Drei Minuten später hatte ich vollständige Gewissheit. Meine Frau (also die Frau, die ich in Wirklichkeit kaum noch wiedererkannte) küsste einen Mann, und es handelte sich dabei um einen anderen Mann als mich (ich stand nämlich unten auf der Straße und schaute den beiden zu). Dieses Bild hat sich mir unauslöschlich ins Gedächtnis eingebrannt. Die unheilbare Krankheit meiner Erinnerung. Normalerweise wendet man doch den Blick ab und läuft davon, um so etwas nicht mitansehen zu müssen. Man tut alles, um sich nicht mit dem tödlichen Virus zu infizieren. Aber ich blieb einfach stehen, wie gelähmt, und wollte keine Sekunde dieses widerlichen Schauspiels verpassen. Schließlich knipsten die beiden Mimen meiner Tragödie das Licht aus, und ich fand mich im Dunkeln wieder. Ich fühlte mich vollkommen ohnmächtig. Wie vom Donner gerührt. Andere wären wahrscheinlich hinaufgestürmt, hätten dieser Pfeife eins auf die Schnauze gegeben, hätten herumgeschrien und alles kurz und klein geschlagen. Aber ich stand nur reglos da. Meine Trauer ließ mich erstarren.

Ich verbrachte einen guten Teil der Nacht auf diesem Trottoir. Vielleicht sahen mich die Nachbarn. Womöglich hielten sie mich für einen Dieb. Dabei war ich es, der einem Diebstahl zum Opfer gefallen war. Man hatte mir soeben mein ganzes Leben gestohlen. Ich hatte nichts mehr. Und das sollte erst der Anfang sein.

10

Am nächsten Tag kam ich erst mal fast zwei Stunden zu spät zur Arbeit, obwohl ich doch auf Schritt und Tritt Wachsamkeit hätte walten lassen müssen. Ich hatte nicht gefrühstückt, ich hatte mich weder rasiert noch umgezogen, sah also ganz so aus wie einer, der die letzte Nacht *zum Tage gemacht* hatte. Ein Witz, wenn man sich vor Augen hielt, wie finster diese Nacht doch gewesen war. Als Erstes stürzte Monsieur Pinaud auf mich zu. Ich hatte unseren Termin verschwitzt. Monsieur Pinaud zählte zu meinen treuesten Kunden. Er hatte sein Kapital mit meiner Hilfe gewinnbringend angelegt. Bis zu diesem Tag hatte er sich nicht über mich beklagen können. Er empfing mich mit furchtbar strenger Miene und verkündete rigoros, er werde das Kreditinstitut wechseln. Sosehr ich mich auch bei ihm entschuldigte, er war überhaupt nicht zu beruhigen. Seine Reaktion erschien mir wirklich unverhältnismäßig. Insbesondere da wir immer ein recht herzliches Verhältnis zueinander gepflegt hatten.

«Hören Sie, das kann doch jedem mal passieren. Ich hatte eben ein paar Probleme.»

«Ihre Probleme gehen mich überhaupt nichts an. Sie hätten mir wenigstens Bescheid geben können.»

«Es tut mir wirklich sehr leid, das wird bestimmt nicht wieder vorkommen.»

«Ich brauche eine Bank, der ich vertrauen kann.»

«Also jetzt habe ich mich bereits mehrmals bei Ihnen entschuldigt. Mehr kann ich beileibe nicht tun.»

« … »

« … »

Er musterte mich eine Weile, dann stieß er hervor:

«Warum arbeiten Sie eigentlich neuerdings am Schalter? Als ich das letzte Mal vorbeigekommen bin, saßen Sie am Schalter.»

«Das ist wegen der Krise … da muss man untereinander solidarisch sein … und sich gegenseitig helfen …»

«So so …», meinte er und machte ein ungläubiges Gesicht.

«Das ist nur vorübergehend … Sollen wir nicht lieber in mein Büro gehen?»

«Äh … nein. Ich möchte den Filialleiter sprechen. Ich hab ihn schon rufen lassen.»

«Den Filialleiter? Aber wieso das denn?»

«Nur so.»

«Sie wollen ihn … nur so sprechen? So was hab ich ja noch nie gehört. Ich hab mich doch jetzt schon bei Ihnen entschuldigt.»

«Ja, aber das klingt alles nicht sehr überzeugend.»

«Man hat mich gebeten, am Schalter auszuhelfen. KAPIEREN SIE DAS DOCH ENDLICH!!»

Den letzten Satz hatte ich etwas lauter ausgesprochen. Die Umstehenden hielten inne und starrten mich an. Monsieur Pinaud warf mir einen kurzen Blick zu, machte dann kehrt und wandte sich dem Büro des Filialleiters zu. Was sollte ich jetzt tun? Ich versuchte, ihn am Ärmel zu packen. Da verlor er das Gleichgewicht und stürzte. Als ich ihm wieder aufhelfen wollte, war er völlig außer sich. Dabei hatte ich ihm überhaupt nichts getan. Das war doch nur eine unglückliche Handbewegung gewesen. Allerdings kann auch eine unglückliche Handbewegung gewaltige Ausmaße annehmen. Pinaud rappelte sich auf und fing an herumzuschreien:

«SIE HABEN DOCH NICHT MEHR ALLE TASSEN IM SCHRANK!?! Sie haben wohl vollkommen den Verstand verloren!»

«Ich … Tut mir leid.»

«Jetzt reicht's! Lassen Sie mich endlich in Frieden!»

Der Lärm hatte Laperche alarmiert, der nun aus seinem Büro trat:

«Was ist denn hier los?»

«Nichts … gar nichts», gab ich schwach zurück, ich ahnte schon, dass niemand mir glauben würde.

Eine Stunde später war ich wegen groben Fehlverhaltens am Arbeitsplatz fristlos gekündigt. Ich war gegen einen Kunden handgreiflich geworden. Das war zumindest der Standpunkt von Laperche. Reichlich absurd. Ich hatte doch nur Angst gehabt, dass Pinaud mir wegläuft. Die Situation der letzten Wochen hatte mich aus der Fassung gebracht, und die schreckliche Nacht, die ich hinter mir hatte, tat natürlich ein Übriges. Als ich Laperche so zuhörte, wurde mir plötzlich klar, dass er mich von Anfang an hatte entlassen wollen. Er hatte mich an den Schalter gesetzt, um mich zu Fehlern zu zwingen. Das war eine Falle, ein Winkelzug, der mein gegenwärtiges Dilemma heraufbeschwören sollte. Die Krise trieb die Arbeitgeber so weit, dass sie wahre Manöver einleiteten, um sich des Personals möglichst kostengünstig, sprich: ohne Abfindung zu entledigen. Der Plan war aufgegangen. Ich würde ohne einen Cent dastehen. Zu allem Überfluss hatte sich die Szene auch noch vor Zeugen abgespielt, vor den Augen von Kunden, die die Umstände nicht kannten und daher mit Sicherheit aussagen würden, dass es keine Entschuldigung gab für mein Verhalten.

Man feuerte mich wegen einer läppischen Geste. Wegen eines kleinen Kratzers. Ich stand so unter Schock, dass ich mich nicht einmal verteidigte. Niemand ergriff Partei für mich. Niemand zeigte Solidarität. Ich war vollkommen auf mich allein gestellt. Die Blicke, denen ich begegnete, wandten sich von mir ab. Ich schaffte es nicht einmal, meine Kartons zu packen. Ich brachte gar nichts mehr zuwege. Ich fragte mich, warum sich das Schicksal so entschlossen gegen mich stellte. Dass alles von einem Tag auf den anderen den Bach runtergehen konnte, davon hatte ich schon öfter gehört. Aber auf mich hatten solche Geschichten immer etwas übertrieben gewirkt, es konnte doch nicht alles auf einmal über einen hereinbrechen. Anscheinend doch. Jetzt fehlte nur noch, dass ich krank wurde. Dank meiner Begabung, Probleme in körperliche Symptome umzumünzen, würde mir wahrscheinlich auch das gelingen.

11

Als ich zurück ins Hotel kam, fragte mich Bénédicte: «Wie geht's? Hatten Sie einen schönen Tag?» Was hätte ich ihr antworten sollen? Konnte man das überhaupt einen «Tag» nennen, was ich erlebt hatte? Ich blieb ein paar Stunden auf dem Bett liegen. Schließlich griff ich zum Handy. Und stellte fest: keine einzige Nachricht. Dazu sind Handys ja da, dass man auch merkt, dass niemand an einen denkt. Früher durfte man wenigstens noch davon träumen, dass es jemanden gab, der versuchte, einen zu erreichen, der mit einem reden wollte, der einen liebte. Heute hat man dieses Ding, das einem seine Einsamkeit vor Augen führt. Dummerweise hatte ich auch noch so viele Fotos gespeichert. Ich ließ die guten alten Zeiten an mir vorüberziehen, all mein Glück, und erkannte mich überhaupt nicht mehr wieder. Alles war so anders geworden. Ich lebte jetzt im Hotel, meine Frau war weg, meine Arbeit, mein Einkommen. Es war richtig tragisch.

Die Wochen vergingen, und irgendwann musste ich der Tatsache ins Auge blicken: Ich hatte kein Geld mehr fürs Hotel. Das Arbeitsamt schien es nicht besonders eilig zu haben, meinen Fall zu bearbeiten, und um von unserem Sparbuch etwas abzuheben, hätte ich Nathalies Unterschrift gebraucht. Aber abgesehen davon, dass ich mich außerstande fühlte, sie um irgendetwas zu bitten, kam es gar nicht infrage, ihr von meinen Problemen zu erzählen. Jean-Michel und Jean-Marc hatten derweil andere Sorgen. Anders gesagt hatte ich den Eindruck, meine Freunde (wenn ich sie denn als solche bezeichnen darf) fürchteten, mein Unglück könne auf sie übergreifen. Sie dachten wohl, das Elend sei ansteckend. Dabei bemühte ich mich, ihnen gegenüber meine Verzweiflung herunterzuspielen, bot ihnen nur die abgeschwächte Version an. Jean-Marc hatte ein großes Haus in einem Vorort. Bei ihm hätte ich sicher wohnen können, es wäre ja nur für ein paar Tage gewesen, so lange bis ich mir Klarheit über meine Lage verschafft hätte. Doch er überhäufte mich mit Alibis, eines unglaubwürdiger als das andere.

«Der Großonkel meiner Frau ist zu Besuch … und außerdem hat meine Frau gerade Depressionen …»

«Oh … das wusste ich nicht … Depressionen?»

«Ja, also sie ist seelisch total auf dem Nullpunkt.»

«Ah …»

«Und außerdem bin ich gerade dabei, das Gästezimmer zu streichen … die Farbe ist total giftig. Und ich will ja auch nicht, dass du dann Krebs bekommst, weil du bei uns warst. Du hast schon genug Probleme, alter Knabe.»

«Danke … das ist nett von dir, dass du dich so um mich sorgst …»

«Keine Ursache … dazu sind Freunde ja da, das weißt du doch.»

« … »

Bei Jean-Michel waren die Dinge etwas anders gelagert, aber es lief aufs Gleiche hinaus. Er erklärte mir, er habe erst kürzlich eine schwere Ehekrise hinter sich gebracht.

«Weißt du … wir stecken da gerade noch in einer etwas heiklen Situation … Da kann ich Martine unmöglich jemanden wie dich vor die Nase setzen. Du bist einfach ein schlechtes Vorbild …»

« … »

«Es sieht ja ganz danach aus, als würde deine Frau dich nicht mehr lieben. Und das könnte Martine doch auf dumme Gedanken bringen. Ich will eben nicht, dass ihr dein Beispiel jetzt wieder ins Gedächtnis ruft, wie schnell eine Ehe zu Bruch gehen kann. Jetzt, wo wir unsere Krise endlich überwunden haben.»

«Ach so …»

«Das verstehst du doch, oder?»

«Ja.»

Ich verstand vor allem, dass meine Freunde ganz schön bequem waren. Dass ich sie am besten anrief, wenn alles wie am Schnürchen lief. Lag es vielleicht auch an mir, dass unsere Freundschaft so oberflächlich war? Das hatte ich mich nie groß gefragt, wie es um unsere Freundschaft bestellt war. Wir lebten nebeneinanderher, trafen uns ab und zu, hatten das Gefühl, nette Abende miteinander zu verbringen, aber eigentlich hatte das alles doch nichts zu bedeuten. Und dann war da noch die Frage: Hätte ich mehr Hilfsbereitschaft an den Tag gelegt, wenn es nun umgekehrt gewesen wäre? Keine Ahnung. Dafür war ich mir ziemlich sicher, dass die beiden anderen sich gegenseitig geholfen hätten. Ich hatte mich in diesem Trio immer ein wenig als Außenseiter gefühlt. Was möglicherweise auch mit meinem Vornamen zu tun hatte. Hätte ich Jean-Bernard geheißen, hätte alles anders ausgesehen.

Oder hatte ich mich nur nicht deutlich genug ausgedrückt? Schwer zu sagen. Wer seziert schon genüsslich sein eigenes Scheitern? Natürlich redete ich auch um den heißen Brei herum, beschönigte die Angelegenheit und gönnte mir ausgedehnte Kunstpausen. Aber niemand verstand es, meine Kunstpausen richtig zu interpretieren. Man möchte immer verstanden werden, ohne lange herumreden zu müssen. Ich war doch schon genug gedemütigt. Ich wollte nicht auch noch aufdringlich werden müssen. Die Zukunftsaussichten waren düster. Wie sollte ich in meinem Alter noch einmal einen Job finden? Ich stand noch immer unter Schock. Unter so einigen Schocks. Ich hatte die ganze Zeit das Bild von Nathalie in den Armen des anderen Mannes vor Augen. Wer war dieser Mann? Kannte ich ihn vielleicht? Seit wann ging das schon so mit den beiden? Fragen, auf die es keine Antwort gab. Ich konnte Nathalie nicht sagen, dass ich von der Sache wusste. Indessen tat sie weiter so, als bräuchte sie nur Zeit und Abstand. Sie schläferte unsere Beziehung wie eine Anästhesistin ein. Nicht wissend, dass ich meine Augen bereits geschlossen hatte und unter meinen geschlossenen Lidern die Erinnerung an unsere Liebe bewahrte. An unsere scheinbar nicht enden wollende Vergangenheit.

Ich spielte verschiedene Möglichkeiten durch, wie ich aus dem Schlamassel wieder herauskommen könnte, aber ich sah keinen Rettungsring in Reichweite. Eigentlich hatte ich gar keine Wahl, es gab nur eine Lösung. Eine Option, die dem Ganzen die Krone aufsetzen würde: meine Eltern.

ZWEITER TEIL

1

Meine Mutter öffnete mir die Tür. Als sie meinen Koffer sah, welch Kombinationsgabe, begriff sie sofort. Doch sie blieb reglos stehen, stumm wie ein Fisch. Nach einer Weile war ich es, der das Wort ergriff:

«Mama … darf ich reinkommen?»

« … »

«Es ist nur für ein paar Tage …»

« … »

«Ich muss ein bisschen zur Ruhe kommen …»

«Du hättest uns wenigstens Bescheid sagen können …», murmelte sie schließlich.

Ich kam also fix und fertig zu Hause an, aber meiner Mutter fiel nichts Besseres ein, als sich zu beschweren, weil ich nicht vorher Bescheid gegeben hatte. Am liebsten hätte ich zu ihr gesagt: «Katastrophen lassen sich nun mal schlecht planen.» Warum nahm sie mich nicht in den Arm? Warum tröstete sie mich nicht: «Mach dir keine Sorgen, mein Schatz, alles wird gut.»

Gesenkten Hauptes folgte ich ihr durch den Flur. Und dieser Flur war lang. Das Wohnzimmer meiner Eltern befand sich am Ende dieses Flurs. Ein endloser tunnelartiger Korridor. Man hätte ein paar Bücherregale aufstellen können, so wäre man unterwegs wenigstens von Büchern umgeben gewesen, aber Fehlanzeige. Wir schritten durch eine Art Korridor des Todes. Langsam ging meine Mutter vor mir her, als wolle sie meine Qualen absichtlich in die Länge zu ziehen. Kurz bevor wir das Wohnzimmer erreichten, stellte ich meinen Koffer in die Ecke. Ich wollte vermeiden, dass mein Vater ihn gleich sah. Er sollte lieber erst mal denken, es handle sich um einen kleinen Überraschungsbesuch. Ein Überraschungsbesuch war jedoch ziemlich unwahrscheinlich. So etwas gab es bei uns nicht. Unsere traurige Leier war in zweitklassigen Marmor gemeißelt. Fast jeder Atemzug bedurfte der vorherigen Kalkulation.

Als mein Vater mir den Kopf zuwandte, schien auch er den Grund meines Besuchs sofort zu ahnen. Er war im fortgeschrittenen Alter geistig nicht mehr so rege. Aber gerade sah es so aus, als wäre die Situation sonnenklar, als wäre nur der erwartete Fall eingetreten. Mein persönlicher und beruflicher Abstieg wunderte niemanden. Mein Vater fläzte sich auf dem Kanapee und schaute fern. Auf SEINEM Kanapee, sollte ich besser schreiben, denn auf diesem abgewetzten Ding, auf dem er den größten Teil seines Lebens zugebracht hatte, durfte kein anderer Platz nehmen. Dieses Kanapee war sein Königreich. Dort fühlte er sich als Herrscher über ein Gebiet, zwar nur ein kleines «Stoffgebiet», aber immerhin, und blickte herab auf die Welt. Also wenn ich von Welt rede, meine ich eigentlich den Fernseher. Es hat mich immer fasziniert, wie glückselig er dreinsah, wenn er einfach nur seine Fernbedienung in der Hand hielt. Er saß da, switchte nach Lust und Laune zwischen den Kanälen hin und her und begab sich unerschrocken auf Bilderjagd. Die vollkommene Verkörperung eines seltsamen modernen Mythos: das Couchabenteuer. Selbstverständlich durfte der König während dieser höchst wichtigen Sitzungen, bei denen er mit dem Fernseher regelrecht verschmolz, nicht gestört werden. Ja, mein Vater saß nicht einfach nur vor dem Fernseher, er wurde gänzlich *eins* mit ihm.

Den Ernst der Lage erfassend erhob er sich, obwohl seine Serie in vollem Gange war. Zum ersten Mal in seinem Leben unterbrach er den Lauf der großen Welt, um mich zu begrüßen. Mit ernster und feierlicher Miene schlurfte er in seinen Pantoffeln auf mich zu. Er kam mir noch kleiner vor als sonst, wirkte unter dem Schleier des Patriarchen, hinter dem sich doch ein alter Mann verbarg, der die Tauben fütterte, geradezu rührend. Leider war kein Drehbuchautor zugegen, der uns mit den Dialogen für die Szene auf die Sprünge hätte helfen können. Als er mir schließlich gegenüberstand, fiel ihm nichts ein, was er sagen könnte. Aber das machte nichts. Unsere Beziehung hatte seit jeher hauptsächlich aus Schweigen bestanden. Er versuchte es nicht einmal mit einer kleinen Geste, einem Schulterklopfen, nein, er stand einfach nur bedröppelt da.

Nach einem unendlichen Schweigen stammelte ich ein paar Worte, ich würde eine schwere Zeit durchmachen, und trug dabei ein gekünstelt entspanntes Lächeln zur Schau. Dann gähnte ich und tat so, als wäre ich müde, schließlich wollte ich die Folter ein bisschen abkürzen. In Wirklichkeit hatte ich seit Tagen nichts gemacht, nur einsam im Hotel meine Kreise gezogen. Manchmal war ich auch im Quadrat gesprungen, um die geometrische Gestalt meines Kummers zu variieren. Also ich war eigentlich gar nicht müde. Aber ich ertrug es nicht, so unter Beobachtung zu stehen, ich ertrug es vor allem nicht, unter der Beobachtung meiner Eltern zu stehen. Ich schnappte mir meinen Koffer und wollte auf mein Zimmer. Starre Blicke durchbohrten mein Genick. Ich öffnete die Tür und trat hinein in die Dunkelheit. Ich machte kein Licht. Wieso war ich jetzt hier? Okay, mir blieb keine andere Wahl. Aber mir leuchtete auch ein, wenn jemand lieber unter der Brücke schlief, bevor er sich das antat, was ich mir antat. Solange man sich nicht dem Standpunkt der anderen ausgesetzt sieht, bewahrt man einen Teil seiner Würde. Schließlich machte ich doch Licht. Meine Eltern waren nie umgezogen. Das Zimmer war noch ganz mein altes Kinderzimmer. Wenn ich früher ab und zu vorbeigekommen war, hatte ich hin und wieder einen Blick hineingeworfen, einfach so. Einfach nur, um einen Blick auf meine Kindheit zu werfen. Die Kulissen der Vergangenheit zu betrachten ist ja oft ein komisches Gefühl. Dabei war mir folgender Irrsinn in all den Jahren gar nicht groß aufgefallen: Das Kinderzimmer war immer unverändert geblieben. Meine Eltern hatten es nie als

Büro genutzt oder in ein Gästezimmer verwandelt. Oder in eine riesige Abstellkammer. Nein, es war alles beim Alten geblieben. Ich betrat in diesem Moment das Mausoleum meiner Jugend.

Mir wurde zum ersten Mal bewusst, wie sonderbar das alles war. Was waren das für Eltern, die das Kinderzimmer ihres Sohnes dreißig Jahre lang unangetastet ließen? Ich hatte ja Verständnis dafür, dass sie Veränderungen gegenüber nicht so aufgeschlossen waren, aber da musste man sich dann schon fragen, ob sie im Geiste nicht in einem Wachsfigurenkabinett lebten. Man hätte ihnen das Ganze als elterliche Nostalgie auslegen können, als eine Art, die glückliche Zeit, in der das Kind noch zu Hause wohnte, auf sich beruhen zu lassen, aber ich kannte sie nur zu gut. Ich erkannte in dieser Unveränderbarkeit in erster Linie den Ausdruck ihrer Trägheit. Das heißt, es gab natürlich noch eine andere Möglichkeit, die sich nicht so einfach beiseiteschieben ließ. Vielleicht hatten sie sich ja gedacht, dass ich früher oder später wieder hier aufkreuzen würde.

Ich hatte bereits einige Reportagen über Menschen gesehen, die sich umständehalber genötigt sahen, in ihr Elternhaus zurückzukehren. Wer sich in einer Sackgasse befindet, beschließt eben mitunter, lieber wieder umzudrehen. So wie ich. Erst umgedreht, dann auf sich selbst zurückgeworfen. Ich schaute mir die Poster an, die an der Wand hingen. Sie waren noch nicht einmal vergilbt. Das große Pink-Floyd-Plakat, *The Dark Side Of The Moon*.

Da war ich nun auch angekommen, auf der dunklen Seite des Mondes. Unglaublich, dass mir diese Musik einmal gefallen hatte. Sämtliche Erinnerungen kamen wieder hoch. Plötzlich hatte ich Lust, die Platte zu hören. *The Dark Side Of The Moon*. Ich setzte die Kopfhörer auf und tauchte in meine musikalische Vergangenheit ab. Der erste Song schien schon mal nichts Gutes zu verheißen. *Money*. Doch ich schenkte der tristen Thematik keine weitere Beachtung und ließ mich von Melodie und Rhythmus mitreißen. Wann hatte ich überhaupt das letzte Mal Musik gehört? Irgendetwas geschah gerade mit mir. Meine Ohren waren vollkommen glücklich. Wie stiefmütterlich hatte ich sie behandelt. Letztlich fand ich dadurch, dass meine Eltern das Kinderzimmer so gelassen hatten, wie es war, meine Jugenderinnerungen wieder. Ich sah den jungen Mann vor mir, der ich einmal gewesen war. Er kam mir wie ein Fremder vor. Dann fiel mein Blick auf eine Folkgitarre. Meine Gitarre. Ich hatte fast vergessen, dass ich einmal Gitarre gespielt hatte. Aber man höre und staune, ich, Bernard, hatte früher Musik gemacht. Ich war nämlich ganz schön cool. Ich hatte mir sogar die Finger wund gespielt, als ich stundenlang *Stairway To Heaven* übte. Ich griff zum Instrument und strengte mich an, mich an ein paar Akkorde zu erinnern. Meine Finger suchten nach den Griffen, es dauerte einige Minuten, bis ich imstande war, eine Akkordfolge zu schrummen, die irgendwie nach *Let It Be* klang. Das war nun also die Bernard-Version von *Let It Be*. Ich sang das Lied bis zu der Stelle, an der ich von einem Flüstergeräusch abgelenkt wurde. Es kam mir so vor, als hörte ich meinen Vater sagen:

«Er … er spielt Gitarre. Bei dem ist echt ’ne Schraube locker. Das ist das Einzige, was mir dazu noch einfällt.»

«Nein … er versucht bloß, sich zu entspannen.»

«Er versucht, sich zu entspannen? Mal wieder bei den Eltern vorbeischauen und ein bisschen Gitarre spielen, das soll eine Entspannungsübung sein? Glaubst du das echt? Nein, Martine … ich glaube, es ist schlimm um ihn bestellt … also wirklich ganz schlimm …»

«Nein … hör mal. Jetzt hat er aufgehört. Hörst du? Jetzt hört man nichts mehr.»

«Dann hat er sich vielleicht umgebracht.»

«Oh …!»

Dabei hatte ich doch nur kurz innegehalten, um zu lauschen. Über eines muss man sich bei einem Aufenthalt in der Wohnung meiner Eltern im Klaren sein: Die Wände haben Ohren. Die Frage, ob da vielleicht ein Open-Space-Guru seine Hände im Spiel hatte, wäre durchaus angebracht gewesen. Jedenfalls war mir als Kind keine Episode aus dem Intimleben meiner Eltern entgangen. Zwar war sexuelle Aktivität bei ihnen etwa so häufig aufgetreten wie gute Neuigkeiten bei mir in den vergangenen Tagen. Aber dafür redeten sie gern. Und auch noch über mich. Ich war ein gutes Gesprächsthema. Kurzum, ich bin in einer Umgebung aufgewachsen, in der ich alles mitbekam, was meine Eltern über mich dachten. Das war im Allgemeinen nicht allzu aufregend. Meist tauschten sie nur Banalitäten aus, aus denen hervorging, dass sie mich eben schlecht kannten. Aber ängstlich, wie sie waren, waren sie auch voller Sorge um meine Zukunft.

So empfand ich es nun, dreißig Jahre später, zumindest als beunruhigend, als mir dieselben Worte erneut zu Gehör kamen.

«Was soll nur aus ihm werden?», sagte meine Mutter immer wieder.

«Hör auf, er ist doch schon groß. Mach dir nicht solche Sorgen!»

«Aber was sollen wir bloß mit ihm machen?»

«Das ist doch nicht unser Problem. Er muss sein Leben selber in den Griff kriegen.»

«Na ja … aber das betrifft uns schon auch. Vor allem, wenn er hier bei uns wohnt.»

«Er hat gesagt, das ist nur vorübergehend …»

«Ja …»

«Aber was heißt vorübergehend? Wann geht es denn vorüber? Das ist vollkommen offen … Mir wär's lieber, wenn wir das klären könnten.»

«Ach, ich mach mir ja solche Sorgen», seufzte meine Mutter das Schlusswort.

Das war dann der Moment, es dürfte so um Mitternacht herum gewesen sein, an dem mir der Kragen platzte. Ich kam aus dem Kinderzimmer.

«Könnt ihr mal aufhören, euch Sorgen um mich zu machen? Das ist ja ansteckend!»

«Äh … lauschst du an der Tür, oder was!?», regte sich mein Vater auf.

«Ob ich an der Tür lausche? Dir ist anscheinend

noch nie aufgefallen, dass die Wände hier wie aus Papier sind!»

«Jetzt reicht's aber! Ich verbiete dir, unsere Wände zu kritisieren!»

«Genau! Bernard, nörgle nicht an unseren Wänden rum. Du willst doch bloß deinen Vater ärgern. Darum geht's dir doch, oder? Findest du nicht, dass es auch so schon genug ist?»

«Ah … okay … na gut … ich geh dann mal ins Bett. Gute Nacht», sagte ich, um das Ganze abzukürzen.

Am Ende hatte ich dann doch nicht den Mut aufgebracht, mit meinem Vater über die Hellhörigkeit der Wohnung zu diskutieren. Ich wusste ja, dass seine Wohnung ihm mindestens so teuer war wie sein Sohn. Manchmal, wenn er von seinem Wohnzimmer redete, hatte ich den merkwürdigen Eindruck, einen Bruder zu haben.

2

Nach diesem Intermezzo hörte ich keinen Pieps mehr. Meine Eltern waren vermutlich dazu übergegangen, sich in Gebärdensprache zu unterhalten. Ich schaute mich noch eine ganze Weile im Zimmer um, an Schlaf war ja nicht zu denken. Auf dem Nachttisch stand ein angsteinflößender Radiowecker mit roten Leuchtziffern, auf dem ich meine Schlaflosigkeit Minute um Minute mitverfolgen konnte. Schon drei Uhr. Meine Erinnerungen an diesen Kasten, der zu meiner Schulzeit den Schrecken des Aufstehenmüssens verkörpert hatte, kamen mir so frisch vor. Und jetzt stand er immer noch da und gab mich dem Gespött preis, aber da war er nicht der Einzige. Ich nahm ihn in die Hand und stellte fest, dass er *Made in China* war. Diese Langlebigkeit imponierte mir. Wie konnte das sein? Welch sportliche Leistung. Eine heimliche Macht ging von ihm aus. Und er wirkte so glücklich, wie er da vor sich hin blinkte, auf der Autobahn seines Lebens dahinrauschte und seine friedliche Mission erfüllte. Ich dagegen war so anfällig. Gern wäre ich in diesem Augenblick *Made in China* gewesen.

Irgendwann übermannte mich doch der Schlaf, und ich schlief sogar bis in die Puppen. Es war schon Mittag, als ich wieder aufwachte. Meine Eltern hatte die Freundlichkeit besessen, ganz leise zu sein. Wann hatte ich zum letzten Mal so lange geschlafen? Das musste Jahre her sein. Ich blieb noch ein Weilchen im Bett liegen und konnte mich nicht entscheiden, ob ich gerade den Tod fürchtete oder ob mich nur ein wohlig weiches Phlegma umgab. Aber eigentlich hatte ich gar keine Lust nachzudenken. So viele Kämpfe standen mir bevor, so viele Situationen, denen ich begegnen musste, dass ich mir ruhig eine kleine Verschnaufpause gönnen durfte. Und es juckte ja auch niemanden, wenn ich mir eine Pause gönnte. Ich wurde nirgendwo erwartet. Mein Name stand auf keiner Agenda. Die totale Leere hüllte mich ein. Also beschloss ich, den ganzen Tag im Bett zu bleiben. Die vergangenen Wochen hatte ich wie wild um mich geschlagen, meine Stellung verteidigt. Mit kläglichem Resultat. All meine Mühen waren umsonst gewesen. Wozu dann überhaupt kämpfen? Ich hatte mich bemüht, eine gute Figur abzugeben. Ich hatte meinen Eltern weismachen wollen, dass ich nur ein müder Krieger sei, der sich kurz erholen müsse, bevor er sich wieder ins Getümmel stürzt. Aber ich hatte keine Lust mehr, den Krieger zu spielen. Es ging mir viel zu schlecht, um so zu tun, als ginge es mir gut.

Meine überforderten Eltern hatten indes ihr Lager vor der Kinderzimmertür aufgeschlagen.

«Ich habe nachgedacht über das … was du gestern gesagt hast», flüsterte meine Mutter.

«Was?»

«Und wenn es zum totalen Super-GAU kommt?»

«Super-GAU? Du meinst … wie bei unserem alten Fernseher?», probierte es mein Vater zur Abwechslung mal mit ein bisschen Humor.

Aber meine Mutter war nicht zu Scherzen aufgelegt. Sie machte sich Sorgen und hatte ja auch allen Grund dazu. Die Ängste meiner Eltern mochten manchmal etwas übertrieben sein, in diesem Fall waren sie nur allzu verständlich. Schließlich hatte ich keine Ahnung, wie es weitergehen sollte mit meinem Leben. Meine Frau liebte einen anderen Mann, ich hatte meinen Job verloren, das Leben meinte es nicht gut mit mir, man spielte mir übel mit, die Arbeitslosenzahlen stiegen immer weiter, und ich war ja nicht mehr der Jüngste, meine Tochter hielt sich in Brasilien auf, und womöglich würde sie den Bossa-Nova-Gitarristen sogar heiraten, mit dem sie sich dann davonmachen würde, auf und davon, Hauptsache weg, ich brauchte mich überhaupt nicht zu wundern, alle Welt wollte nur noch weg, ich merkte schon, was sich da um mich herum zusammenbraute, ich war doch bei klarem Verstand, bei vollkommen klarem Verstand, auch wenn ich die Seuche hatte, ich, der nette, hilfsbereite und folgsame Bernard, der nun niemanden mehr interessierte, ich würde sterben, und niemanden würde es interessieren, ich spürte es nämlich schon, der Tod lauerte auf mich, da brauchte ich jetzt gar nicht abzuwarten, wie es weiterging, man würde eine unheilbare Krankheit an mir entdecken, sie kündigte sich bereits an, ich hatte so einen stechenden Schmerz in der Brust. Das Ende nahte, aber bei meinem Glück würde es nicht mit einem Schlag zu Ende gehen, ich gehörte zu der Sorte, die sich nur langsam unter schrecklichen Qualen zersetzte, der ein schmerzliches Siechtum beschieden war, ich konnte mir wirklich gar nichts anderes vorstellen und fragte mich, wie ich früher einmal an das Glück hatte glauben können. Wie anmaßend! Ich und Glück!? Schaut mich doch an! Es war doch alles vorherbestimmt, mein elendes Schicksal erschien mir so wunderbar logisch, dass ich mit fünfzig wieder an dem Punkt angelangt war, an dem ich auch mit zwanzig gestanden hatte …

Als ich mit meinem dramatischen Monolog in etwa an dieser Stelle war, klopfte meine Mutter und öffnete die Tür. Einen Augenblick lang stand sie mir gegenüber, aufrecht wie ein Ausrufezeichen. Ein stilles Ausrufezeichen. In den Händen hielt sie ein Tablett, auf dem ich ein Heißgetränk sowie zwei Butterbrote ausmachen konnte.

«Hör mal, Bernard, du solltest vielleicht trotzdem ein bisschen rausgehen. Es wird schon bald dunkel. Du hast heute überhaupt kein Tageslicht gesehen.»

«Nett von dir, dass du dir solche Gedanken um mich machst. Aber ich will gar kein Tageslicht sehen.»

«Du kannst dich doch nicht so gehen lassen … Schau, ich habe dir eine heiße Schokolade gemacht …»

«Eine heiße Schokolade?»

«Na ja … du liebst doch heiße Schokolade, oder?»

« … »

Sie stellte das Tablett am Fußende des Bettes ab. Heiße Schokolade hatte ich schon seit … seit Ewigkeiten nicht mehr getrunken. Ich wusste nicht einmal mehr, dass es das noch gab. Meine Mutter hatte sich auf die Bettkante gesetzt und schaute mich an mit einem Blick, der etwas Sorgenvolles, aber auch etwas Tröstliches hatte. Sie hatte mit ungefähr sechzig aufgehört zu altern, als hätte sie da kurz mal auf Pause gedrückt. Natürlich legte sie auch Wert auf ein gepflegtes Äußeres und machte sich immer hübsch, auch wenn sie überhaupt nicht das Haus verließ. Sie schaute mich immer noch an, wortlos, aber mit Wohlwollen. Wie schön, dass sie mir endlich ein wenig Sanftmut zuteil werden ließ. Gern hätte ich ihre Zuneigung erwidert und etwas Nettes zu ihr gesagt, aber ich brachte nichts heraus. Wir hatten seit jeher ein unterkühltes Verhältnis zueinander, da konnte ich nicht so plötzlich umschwenken und irgendwoher zärtliche Worte hervorkramen. Nach einer Weile probierte ich es damit:

«Das ist lieb von dir, Mama … aber ich trink schon lange keine heiße Schokolade mehr.»

«Ach, echt nicht?»

«Nein, aber danke. Ich trink sie schon. Das ist jetzt sogar genau das Richtige.»

«Tu das. Da ist Vollmilch drin. Damit du wieder zu Kräften kommst.»

«Ah … Vollmilch … danke … das ist … jetzt wirklich genau das Richtige …»

Ich betrachtete das Getränk, Relikt aus einer anderen Zeit. Es schien mir freundlich gesinnt zu sein. Ich nahm den ersten Schluck und stellte überrascht fest, dass es mir sogar schmeckte. Fast bereute ich, all die Jahre mechanisch Kaffee in mich hineingeschüttet zu haben. Doch da verfinsterte sich plötzlich die Miene meiner Mutter (sie musste bis hierher übermenschliche Anstrengungen unternommen haben, lässig zu wirken).

«Das wird schon wieder, Mama … ich mach nur gerade eine schwierige Phase durch …»

«Aber wie soll ich mir denn keine Sorgen um dich machen? Du müsstest dich mal im Spiegel sehen!»

«Was würde man da sehen?»

«Dass du dich nicht mal mehr rasierst!»

Ich strich mir mit der Hand übers Gesicht, und tatsächlich: Da waren allerlei Stoppeln. Ein Blick in den kleinen Spiegel auf dem Schreibtisch bestätigte mir, dass ich ein reichlich alarmierendes Bild abgab. Das Bild eines Mannes, in dessen Herzen immer Februar ist. Meine Mutter führte ihre Ängste und Sorgen weiter aus:

«Und wo ist deine Frau? Warum bist du nicht bei ihr?»

«Äh … also das ist kompliziert …»

«Was ist kompliziert? Du kannst mir alles sagen. Liebst du sie nicht mehr, ist es das?»

«Nein … das ist nicht das Problem.»

«Was dann? Hat sie dich verlassen?»

«In gewisser Weise … ja.»

«Hör zu, Bernard. Du musst dich klarer ausdrücken! Ich würd dir ja gern helfen, aber du lässt dir wirklich jedes Wort aus der Nase ziehen.»

«Aber ich weiß überhaupt nicht, was ich sagen soll. So ist das eben manchmal … dass einem die Worte fehlen … Das kommt schon mal vor …»

«Nein, das kommt überhaupt nicht vor. Also: Was ist passiert?»

«Ich weiß auch nicht genau, wahrscheinlich ist das das Problem. Ich dachte, wir bräuchten beide mal ein bisschen Abstand … müssten beide mal ein bisschen zur Ruhe kommen … ich dachte, das wäre alles nur vorübergehend …»

«Und?»

«Jetzt hab ich gemerkt … dass …»

«Dass was?»

« … »

«Dass sie einen anderen hat, stimmt's?»

«Woher weißt du das!?»

«Hör mal, Bernard. Glaubst du wirklich, dass das eine wahnsinnig originelle Geschichte ist? Das ist doch … der Klassiker, das Ganze …»

« … »

Sie hielt einen Moment inne. Ihr Gesichtsausdruck wechselte, es sah so aus, als würde sie in die Ferne schweifen, um mit vergangenen Erinnerungen zurückzukehren.

Es war lange her, dass sie mir in diesem Licht erschienen war. Sie wirkte in diesem Augenblick nicht wie eine Mutter, eher wie eine Frau. Seltsam. Man kann auch in der Stadt, in der man zu Hause ist, die Orientierung verlieren, sogar in der Straße, in der man wohnt. So ging es mir gerade mit meiner Mutter. Aus meiner Sicht waren meine Eltern ungehobelte Klötze, um nicht zu sagen: Karikaturen ungehobelter Klötze, doch ich musste zugeben, dass die Wirklichkeit weitaus komplexer war.

«Ich will dir etwas verraten, was keiner weiß.»

« … »

«Ich hatte auch mal einen Liebhaber.»

«Du, Mama!? Einen Liebhaber?»

«Ja. Dein Vater war ja nie da. Ich war furchtbar unglücklich und extrem liebesbedürftig. Und da tauchte eines Tages Maurice auf …»

«Maurice? Unser ehemaliger Nachbar?»

«Genau.»

«Aber du warst doch total eng befreundet mit seiner Frau!»

«Na und? Körperliches Verlangen schert sich einen Dreck um Moral. So ist das nun mal.»

«Mama … ist das dein Ernst? Ich will das echt nicht hören … und jetzt schon gleich gar nicht …»

«Doch! Du sollst es hören. Ich muss dir alles erzählen. Wenn du wüsstest … was für ein galanter Liebhaber Maurice war. Unglaublich. So stürmisch!»

«Mama!»

«Na ja … also … ich hab deinen Vater schon geliebt.

Ich habe ihn immer geliebt. Auch wenn er ein engstirniger und verhaltensgestörter Hammel ist, ich liebe ihn. Insofern kann ich deine Frau gut verstehen. Sie möchte geliebt werden, begehrt und verführt. Das ist echt total der Klassiker.»

« … »

«Wie hast du denn reagiert, als du erfahren hast, dass sie dich betrügt? Hm? Was hast du gemacht?»

« … »

«Hm? Was hast du gemacht?»

«Nichts …»

«Da haben wir's … Denn im Grunde deines Herzens … konntest du das Ganze gut nachvollziehen. Du konntest nachvollziehen, dass ihr ein anderer vielleicht geben kann, was du ihr nicht mehr geben kannst …»

« … »

«Wenn du deine Ehe noch retten willst, musst du begreifen, dass eine Frau vor allem eines braucht: Liebe.»

« … »

War das wirklich meine Mutter, die so sprach? Wachte oder träumte ich? Ich überlegte, ob ich mich mal zwicken sollte, um es zu überprüfen. Es war, als hätte man meiner Mutter ein mit Scharfsinn angereichertes Serum verabreicht. Sie fuhr fort:

«Denk mal darüber nach. Hast du sie wirklich verehrt? Hast du ihr jeden Tag gesagt, wie schön sie ist?»

«Äh … nein …»

«Hast du manchmal mit Überraschungen aufgewartet?»

«Äh, nein …»

«Hast du sie manchmal zum Essen ausgeführt?»

«Das schon.»

«Aber wahrscheinlich hast du sie immer gefragt, wo sie denn hinwill.»

«Äh … allerdings.»

«Tja, das war ein Fehler. Wenn du eine Frau zum Essen ausführst, darfst du das nicht fragen. Du sagst einfach, du hättest ein ganz wundervolles Restaurant entdeckt, und da führst du sie hin, basta.»

«Aha …»

«So hat das Maurice immer gemacht. Er war so unberechenbar.»

«Aber Maurice war doch ein ziemlich mickriges Kerlchen. Und es sah immer so aus, als hätte er Angst vor seinem eigenen Schatten.»

«Maurice hat sich nur nicht in die Karten gucken lassen. Und es war durchaus nicht alles mickrig an ihm, das kann ich dir sagen …»

«Mama!»

«Das war so eine verrückte Geschichte mit Maurice. Die hatte es wirklich in sich … oh Maurice …»

« … »

Das Dumme an diesen Hauspantoffeln ist auch, dass man überhaupt nicht hört, wenn sich Schritte nähern. Mein Vater war nach Hause gekommen und stand plötzlich in der Kinderzimmertür.

«Redet ihr von Maurice? Unserem ehemaligen Nachbarn?»

Meine Mutter schaute etwas betreten drein und wandte sich dann um:

«Ich will … nur … Bernard moralisch ein bisschen aufrichten … Wir sprechen über alte Kindheitserinnerungen.»

«Und?»

«Na ja … Maurice hat ihm doch immer so viele Geschenke gemacht … weißt du noch?»

«Ach ja … stimmt. Er war ein ganz schön verwöhnter Bengel, unser Bernard. Ein furchtbar verwöhnter Bengel. Jetzt sieht man, was dabei herauskommt.»

«Vielen Dank, Papa.»

«Oh, schon gut, war doch nur Spaß. Ich versuch bloß, zur Entspannung der Atmosphäre beizutragen, sonst nichts. Sei doch nicht gleich so ein Spaßverderber!»

« … »

«Kommst du mal?», sagte er dann zu meiner Mutter.

Sie stand auf. Ohne sie war mein Vater verloren. Er musste sie immer um sich haben. Meine Eltern stellten ein ineinander verwobenes Gebilde dar. Was sie auch machten, sie machten es zusammen. Bevor meine Mutter aus dem Zimmer ging, murmelte sie noch, man erwarte mich um Punkt neunzehn Uhr* zum Abendessen, und schenkte mir ein schwer zu beschreibendes Lächeln. Der Leser möge sich ein passendes Adjektiv vorstellen, das etwas

* Bei Verspätung war traditionellerweise mit der Todesstrafe zu rechnen.

Schamhaftes und etwas Schalkhaftes in sich hat, in dem sich Keuschheit und Lüsternheit vereinen, ein Adjektiv, das Altersverwegenheit, Gedankenlosigkeit und Gefühlskälte bezeichnet.

Ihre Enthüllungen hatten mir jedenfalls den Rest gegeben. Und mein Vater, der durch sein Hereinplatzen auf seine alten Tage fast noch die Seitensprungvergangenheit seiner Frau entdeckt hätte. Das hätte gerade noch gefehlt. Wenn ich hier eine Ehekrise ausgelöst hätte. Nachdem ich eine Weile überlegt hatte, kam ich zu dem Schluss, dass an den Ratschlägen meiner Mutter etwas Wahres dran war. Vielleicht war ich nicht richtig auf Nathalie eingegangen. Dann geschah es mir ganz recht, dass sie sich von mir abwandte. Sie brauchte Zuneigung und nahm sie sich, wo sie am leichtesten zu kriegen war. Dennoch wiegte ich mich in dem Glauben, die Krise würde vorbeigehen und Nathalie zu mir zurückkommen. Schließlich liebte ich sie wie kein anderer. Ich versuchte, mich so gut es ging zu beruhigen. Ich nahm einen Schluck von meiner heißen Schokolade. Doch die war mittlerweile kalt geworden.

3

Ich erlangte meine jugendliche Fähigkeit wieder, den ganzen Tag nur herumzulungern. So ein Büroalltag erzeugt die totale Vorhersehbarkeit des Wochenplans. Wer arbeiten geht, weiß ganz genau, ein Montag ist ein Montag. Und das Gleiche gilt für alle anderen Tage. Als arbeitsloser Nesthocker verlor ich schnell den Überblick über die zeitlichen Abläufe. Ein Dienstag konnte plötzlich den Anschein eines Donnerstags erwecken. Und dem Freitag, bis vor Kurzem noch ein köstlicher Tag, fehlte auf einmal jegliche Würze. Die Zeit schmeckte fade. Ich trieb dahin, war zu keiner Reaktion imstande. Vielleicht ist das ja immer so? Muss man durch eine Phase der vollkommenen Trägheit hindurch? Ein Stadium durchlaufen, in dem man alles hinnimmt und nicht mehr man selbst ist? Dass ich depressiv gewesen wäre, konnte man nicht behaupten, nein. Manchmal erlebte ich inmitten meiner Not sogar Momente der Verzückung. Das war ein komisches Gefühl. Ich lag im Bett, und meine Ratlosigkeit hüllte mich ein wie eine angenehm warme Decke. Versuche, das Glück festzuhalten, sind ein mühseliges Geschäft, sich in seinem Unglück zu suhlen, dagegen überhaupt nicht. Doch das konnte nicht ewig so weitergehen, ich musste dem Leben die Stirn bieten.

Ich verschickte ein paar E-Mails an Freunde (oder sagen wir lieber: berufliche Kontakte) in anderen Banken und fügte jeweils im Anhang meinen Lebenslauf hinzu. Dies war nun der komplexeste Teil des Unternehmens. Ich hatte keine Ahnung, wie man seine Berufserfahrung auf den Punkt bringt. Nie hätte ich mir träumen lassen, dass ich mich eines Tages in der Situation wiederfinden würde, mich selbst darstellen zu müssen. Ich hatte schon so lange niemandem mehr meine Kompetenzen erläutert. Was waren überhaupt meine Kompetenzen? Ich war mir gar nicht sicher, ob ich überhaupt mit Kompetenzen ausgestattet war. Ich stand erst am Anfang eines langen Wegs, und schon überkamen mich Zweifel. Wie sollte ich da selbstbewusst auftreten, falls man mich zu einem Vorstellungsgespräch einlud? Falls ich in die Verlegenheit kam, mir in zehn Minuten meine Zukunft ausmalen zu müssen? Wie sollte ich lächeln und mich kämpferisch geben, wo mein Leben in tausend Stücken lag und die Ungewissheit mich auffraß? Lieber gar nicht daran denken, sondern schrittweise vorgehen. Mit umgehenden Antworten auf meine E-Mails wagte ich nicht unbedingt zu rechnen. Doch von manchen Adressaten hätte ich mir schon wenigstens ein paar höfliche Worte gewünscht. Und warum eigentlich von Mitleidsbekundungen Abstand nehmen? Aber ich bekam keine Antworten. Meine E-Mails glichen einer Flaschenpost, die man ins Meer wirft. Das Echo auf meine Hilferufe war Schweigen.

Auch gegenüber Nathalie musste ich mich irgendwie verhalten. Ich hatte sie nicht zurückgerufen, nachdem sie mir mehrere Nachrichten auf der Mailbox hinterlassen hatte. Zum ersten Mal seit Langem schien die Verbindung zwischen uns unterbrochen. Sie fehlte mir schrecklich, aber ich konnte nicht anders. Ich brachte nicht den Mut auf, ihr zu gestehen, dass ich keinen Job mehr hatte, und den Mut, ihr mein Wissen über ihre Eskapaden auszuschütten, erst recht nicht. Dieser Abend spukte andauernd in meinem Kopf herum. Die unsäglichen Bilder holten mich ein, am schlimmsten war es, wenn ich mich vor ihnen in den Schlaf flüchten wollte. Oft stellte ich mir die Frage: Wie hätte ein anderer an meiner Stelle reagiert? Wäre er hochgegangen? Hätte er die ganze Wohnungseinrichtung zertrümmert? Hätte er sich einen Anwalt genommen oder einfach drauflosgeheult oder die Beine unter den Arm genommen? Ich hatte mich entschieden, vorerst den Mund zu halten, nichts zu tun. Das heißt, das war eine Entscheidung, die mein Körper für mich getroffen hatte, mir blieb gar keine andere Wahl. Ich konnte mit Nathalie nicht darüber reden, ich hatte eine Art körperlicher Blockade. Doch nachdem ich mich ein paar Tage eingeigelt hatte, geschah etwas mit mir. In mir regte sich das Bedürfnis, sie wiederzusehen. Und dann waren da ja auch noch die Worte meiner Mutter gewesen. Meine Mutter hatte absolut recht. Ich trug eine Teilschuld an dem Ganzen. Und vielleicht war es ja noch nicht zu spät. Nathalie und ich waren ein Paar, ich konnte mir nicht vorstellen, dass es je anders sein sollte. Sie war einfach schlecht drauf gewesen, deswegen hatte sie sich von mir abgewandt und das Verlangen nach einem anderen Mann gehabt, okay, damit konnte ich leben, aber jetzt wurde es allmählich Zeit, sich wieder zu versöhnen. Die Vergangenheit besitzt so eine ewige Macht. Man löst sich nicht so einfach von einer Frau, mit der man dreißig Jahre lang zusammengelebt hat. Mit der man ein Leben lang zusammengelebt hat, bin ich fast versucht zu sagen, denn dass es auch eine Zeit vor Nathalie gegeben haben muss, daran erinnerte ich mich nur vage.

Donnerstags ging sie immer um drei viertel eins in die Mittagspause, wusste ich. Ich erwartete sie unten vor dem Haus, in dem sich ihre Praxis befand. Mein Herz schlug wie wild (ein Land, das sich nicht regieren ließ). Nathalie erblickte mich sofort, als sie herauskam:

«Bernard … wo hast du gesteckt?»

«Ich war … in Poitiers.»

«In Poitiers?»

«Ja … in Poitiers … da war so ein Fortbildungskongress … von der Bank … wegen der Kredite …»

« … »

Sie schaute mich ungläubig an. Aber Poitiers, das klang doch gut. Das war die erste Stadt gewesen, die mir in den Sinn gekommen war (andererseits hielt sich mein Improvisationstalent bestimmt in Grenzen). Es hörte sich in meinen Ohren plausibel an, dass dort ein Fortbildungskongress stattfand. Ich hätte genauso gut Dijon sagen können, aber ich hatte eben die Option Poitiers gezogen.

«Du hättest mal ans Telefon gehen können. Ich hab mir schon Sorgen gemacht …»

« … »

«Und jetzt? Tauchst du einfach so auf …»

«Ich wollte mit dir Essen gehen.»

«Jetzt?»

«Ja, jetzt. Ich kenne da ein ganz wundervolles Restaurant. Also ich hab dieses Restaurant entdeckt und mir gedacht, das würde dir bestimmt gefallen …»

«Du hast … ein Restaurant … entdeckt?»

« … »

Als ich Nathalies Gesichtsausdruck sah, schwante mir, dass meine Mutter richtiggelegen hatte. Meine Frau hatte die letzten Monate und wahrscheinlich auch die letzten Jahre mit einem Ungeheuer an Berechenbarkeit zusammengelebt: mit mir nämlich. Sie überlegte einen Augenblick lang und willigte dann ein. In Wirklichkeit hatte ich natürlich überhaupt kein Restaurant entdeckt. Ich folgte nur dem Ratschlag meiner Mutter. Man muss den Frauen mit Überraschungen aufwarten und ihnen beweisen, dass man unentwegt nach Lokalitäten Ausschau hält, die sie freudig zu stimmen vermögen. Ich verkündete, man könne zu Fuß laufen, und wir begannen zu marschieren. Mir war es lieber, dass sie neben mir ging. Die Vorstellung, nach so langer Zeit und nach all dem, was uns entzweit hatte, ihr gegenüberzusitzen, machte mich ganz nervös.

Sie redete, aber ich hörte gar nicht richtig zu. Meine Konzentration war voll und ganz auf das Restaurant gerichtet, das ich aufzuspüren hatte; und auf das anstehende Gespräch. Nach so vielen Jahren der Leichtigkeit* kam es mir gerade so vor, als hätte ich das erste Rendezvous mit meiner Frau. Ich wog meine Worte sorgfältig ab, bevor sie mir über die Lippen kamen, als müssten sie erst von einer Auswahlkommission abgesegnet werden.

«Ist es noch weit?», fragte Nathalie.

«Äh … nein …»

«Ah … okay … ich hab nämlich um 14 Uhr einen Patienten …»

«Alles klar … kein Problem … wir sind gleich da …»

«Ist auch wirklich alles in Ordnung mit dir, Bernard?»

«Mit mir? Du fragst, ob mit mir alles in Ordnung ist? Aber natürlich! Wieso? Natürlich ist alles Ordnung mit mir!»

«Hm, na gut … ich frag ja nur, nur so … weil ich ja die ganze Zeit nichts von dir gehört hab … und dann tauchst du plötzlich auf … das ist ja sonst nicht deine Art …»

«Was heißt da, das ist sonst nicht meine Art … Na ja, dann hat sich meine Art eben geändert …»

« … »

* Der allzu großen Leichtigkeit vielleicht … Leichtigkeit geht ja spielend in Sorglosigkeit über; und Sorglosigkeit in Gleichgültigkeit gegenüber dem anderen.

Mir wurde klar, was für ein vorgefertigtes Bild man von mir hatte. Ich kam oft ins Wanken, wusste gar nicht, wie mir war, aber die anderen hatten anscheinend keinerlei Mühe, mich in irgendeine Schublade zu stecken.

«Sind wir jetzt bald da?», fing Nathalie wieder an, diesmal leicht gereizt.

« … »

«Wir hätten auch ein Taxi nehmen können, wenn es so weit ist.»

«Nein … wir sind schon da», versicherte ich, glücklich ein blinkendes Restaurantschild erblickend.

Nur noch wenige Schritte, und wir erreichten ein indisches Restaurant. Der Mann, offensichtlich der Wirt, schien sich zu wundern, dass sich zwei Gäste in sein Lokal verirrten. Man muss dazusagen, wir waren die einzigen Gäste.

«Wollen Sie … wollen Sie mittagessen?», fragte er schließlich in einem Anflug von Scharfsinn.

«Selbstverständlich», gab ich in selbstsicherem Ton zurück.

Er bot uns einen Tisch unserer Wahl an, überreichte uns die Karte und verschwand in der Küche. Nathalies Gesichtsausdruck war unergründlich. Besorgt, gespannt oder konsterniert, ich konnte mich nicht entscheiden.

«Also, das ist das Restaurant, das du mir unbedingt zeigen wolltest?»

«Genau.»

«Und warum wolltest du es mir unbedingt zeigen?»

«Warum? Na, das liegt doch auf der Hand. Du … du magst doch Räucherstäbchen, oder?»

«Na ja …»

«Na, doch … du hast bei uns im Schlafzimmer Räucherstäbchen angemacht, ich kann mich noch erinnern.»

«Aber … das ist schon mindestens zehn Jahre her.»

«Na und? Ich kann mich eben noch erinnern.»

«Und daraus hast du nun abgeleitet, dass ich eine besondere Vorliebe für die indische Küche habe?»

«Okay, hör zu, Nathalie, es sollte eine Überraschung sein. Wenn's dir gefällt, wunderbar. Wenn nicht, kann ich es auch nicht ändern. Wir müssen uns jetzt nicht stundenlang über das Restaurant unterhalten», sagte ich mit einer Bestimmtheit, die mich selbst überraschte.

Andauernd mit Fragen gelöchert zu werden wird irgendwann unerträglich. Ich wollte mich nicht ständig rechtfertigen müssen. Mich immer für alles schuldig fühlen.

«Aber ist doch sehr hübsch hier. Ich habe ja nur gefragt, sonst nichts.»

«Na schön, ich habe ja nur geantwortet.»

In diesem Moment erschien der Wirt wieder. Noch bevor er sich nach unserer Bestellung erkundigen konnte, orderte ich zwei gemischte Vorspeisenteller. Das Essen war vollkommen unwichtig, ich hatte gar keinen Hunger. Das Essen war wirklich Nebensache.

Die Hauptsache war das Gespräch zwischen Nathalie und mir. Aber ich wusste gar nicht, wo ich anfangen sollte. Wo? Wenn mir nur irgendwelche Worte zur Seite gestanden hätten, das hätte die Sache vereinfacht, mit Worten hätte ich Sätze bilden können. Schließlich fasste sich Nathalie ein Herz:

«Bernard … warum hast du mir nichts erzählt?»

«Wovon?»

«Davon, dass man dich entlassen hat. Ich hab in der Bank angerufen. Und da hat man mir mitgeteilt, dass du nicht mehr dort arbeitest. Und dass du … handgreiflich geworden bist gegen einen Kunden.»

«Das stimmt nicht.»

«Aber warum hast du mir nichts davon erzählt?»

«Und du? Warum hast du mir nichts erzählt?»

«Ich? Wovon?»

«Ich frage mich nämlich auch, warum du mir nichts erzählt hast.»

«Aber wovon denn?»

«Von dem Mann, den du in unserer Wohnung geküsst hast.»

«Aber … aber … woher weißt du … ich …»

«Eines Abends dachte ich, ich schau mal bei dir vorbei. Das sollte eine Überraschung sein. Aber am Ende war ich derjenige … der eine Überraschung erlebt hat.»

«Bernard … Bernard … das tut mir leid … ich wollte es dir erzählen … aber ich wusste nicht recht wie … und wann … das tut mir wirklich leid … ich hätte mir gewünscht, dass du es irgendwie anders erfährst …»

«Wie lange geht das schon?»

«Noch nicht lange. Zwei Wochen. Oder vielleicht auch schon seit einem Monat. Keine Ahnung.»

«Deswegen hast du also ein bisschen Abstand gebraucht. Jetzt versteh ich das. Das hast du gut organisiert. Du hast mich vor die Tür gesetzt, damit du den anderen reinlassen kannst.»

«Ach Quatsch! Mir ging's einfach schlecht. Du musst bedenken … ich bin fünfzig. Ich hab einfach Angst, Bernard. Du hast mich ja überhaupt nicht mehr angerührt. Überhaupt nicht mehr. Keine Spur von Verlangen. Deshalb hat mir das einfach gutgetan. Verdammt gut. Du kannst dir gar nicht vorstellen, wie gut. Ich hätte mir das auch nicht gedacht. Ich dachte eigentlich, ich brauche bloß ein wenig Zärtlichkeit und Aufmerksamkeit. Bloß ein wenig Zartgefühl. Aber von wegen, Bernard, von wegen. Was ich brauchte, war einfach Sex. Verstehst du? SEX!»

« … »

Just in diesem Augenblick brachte der Wirt die Speisen. Er stellte sie mit Fingerspitzengefühl vor uns hin. Nach kurzem Zögern vermeldete er: «Vorsicht … es ist … ein bisschen scharf …» Dann schlich er lautlos davon, wie der Gandhi der Gastronomie.

Nathalie und ich beachteten unsere Teller gar nicht. Eine ganze Weile starrten wir uns schweigend an. In dem Moment schien alles möglich. Ihr Schrei war eine Art Ruf nach Freiheit gewesen, und vielleicht bedeutete er das Signal zum Neuanfang. Ich hatte Verständnis für ihr kleines Abenteuer, ich gestand es ihr sogar zu. Jetzt konnten wir beide noch einmal von vorn beginnen. Ja, das waren tatsächlich meine Gedanken. Doch Nathalie schaute mir weiter so tief in die Augen, als wolle sie die Erinnerung an mein Gesicht mit in die Zukunft nehmen. Ihr Blick war wirklich durchdringend, fast ein bisschen verrückt. Ich erkannte sie gar nicht wieder. Meine Nathalie. Plötzlich wisperte sie:

«Es ist vorbei …»

« … »

«Bernard, ich liebe dich nicht mehr. Das Leben muss weitergehen, und ich weiß, meines wird ohne dich weitergehen.»

Ich zeigte keine Regung. Mir war sofort klar, dass es sinnlos sein würde, zu protestieren oder zu diskutieren. Nicht dass ich mich gleich in die Niederlage ergeben hätte, nein, so kann man das nicht sagen, aber sie schien sich ihrer Sache so sicher zu sein, dass ich die Vergeblichkeit spürte, Widerspruch einzulegen. Das hätte die Szene nur pathetisch überhöht. Trotzdem hätte ich wenigstens versuchen können, den Schmerz auszudrücken, den ich empfand. Indem ich Haltung bewahrte und mich in ihren Augen vielleicht als stark oder würdig erwies, konnte sie mit der Logistik unserer Trennung fortfahren:

«Ich wollte dich fragen, ob ich die Wohnung behalten kann.»

«Ja, ja. Nimm nur alles, was du brauchst.»

«Und du? Was wird aus dir?»

« … »

«Wenn du jetzt keine Arbeit mehr hast?»

«Mach dir keine Sorgen. Ich werd schon wieder Arbeit finden. Ich hab bereits jede Menge Angebote.»

«Aber wenn du irgendwas brauchst, sagst du Bescheid, hm?»

«Ja.»

«Versprochen? Du lässt dich jetzt nicht hängen?»

«Nein, natürlich nicht. Niemals. Du kennst mich doch … Ich werd mich schon wieder berappeln …»

«Hoffentlich, Bernard … hoffentlich …»

« … »

Als der Wirt den Tisch abräumte, war er ganz bestürzt. Nathalie hatte ihren Teller überhaupt nicht angerührt. Der Wirt meinte, das tue ihm aufrichtig leid, die Rechnung gehe aufs Haus, der neue Küchenchef bereite Probleme. Er führte noch weitere Entschuldigungen ins Feld, von wegen es werde zunehmend schwieriger, gutes Personal zu finden. Völlig geknickt verließ er den Raum. Ohne zu ahnen, dass er unsere Rettung war. Dank seiner Hilfe blieb uns nämlich der letzte Akt der Tragödie erspart. Dank seiner Hilfe zogen wir unter Lachkrämpfen von dannen. Wir weinten und wir lachten. Wir liebten und wir trennten uns. Das Leben war furchtbar und voller Versprechungen. Allerdings wusste ich, das Leben ohne Nathalie würde furchtbar werden.

Draußen vor dem Lokal redeten wir auch über Alice.

«Hast du ihre Nachrichten gekriegt?», fragte Nathalie.

«Nein, ich hab mich zuletzt kaum um irgendwelche Nachrichten gekümmert.»

«Sie kommt zurück.»

«Ach, echt?»

«Ja. Ende des Monats. Es gefällt ihr nicht in São Paulo. Sie vermisst ihre Freunde. Und uns vermisst sie auch, hat sie gesagt.»

«Ah …»

«Freust du dich nicht? Du fandst es doch immer schrecklich, dass sie nach Brasilien fährt.»

«Ja … doch … ich freu mich, sie wiederzusehen … und dass sie offensichtlich gar keinen brasilianischen Gitarristen kennengelernt hat.»

«Einen Gitarristen? Wie kommst du jetzt auf einen Gitarristen?»

«Nur so.»

« … »

«Nur so.»

Eine Weile standen wir schweigend vor dem Restaurant. Schließlich verkündete Nathalie, sie müsse langsam zurück zu ihrer Arbeit. Sie erkundigte sich mehrmals:

«Kommst du auch zurecht?», und ich nickte. Meine Liebe zu ihr war so groß, dass ich ihr nicht die Wahrheit sagen konnte; dass ich ihr nicht sagen konnte, wie sehr ich unter dieser Trennung litt. Vielleicht bedeutet wahre Liebe ja auch dies: die geliebte Person glauben zu machen, man könne den Abschied von ihr verschmerzen. Wir umarmten uns, und dann ging sie davon. Ich schaute ihr nach und hatte das Gefühl, dass da mein ganzes Leben davonging.

4

Nach einigen Stunden ziellosen Umherirrens erreichte ich das Haus meiner Eltern. Lieber sterben als jetzt mit ihnen sprechen. Ich schlich mich also am Wohnzimmer vorbei, wo sie hübsch artig vor dem Fernseher saßen. Sich wortlos aufs Zimmer zu verkriechen, stellte allerdings auch ein Risiko dar. Sie würden vor der Tür Posten beziehen und mich durch die Tür befragen, was mit mir los sei. Um wirklich in Ruhe gelassen zu werden, musste ich mich kurz erklären. Was ich denn auch tat:

«'tschuldigung, wenn ich störe. Ich wollt bloß sagen, dass ich keinen Hunger hab. Ich ess dann also nicht mit.»

«Ach, das wär aber schade, ausgerechnet heute, wo ich dein Lieblingsessen gemacht hab. Lasagne. Und du meinst, du hast wirklich keinen Hunger?»

«Nein, Mama, echt nicht. Aber danke trotzdem.»

«Wär ohne Béchamelsoße, so, wie du's magst.»

«Das ist wirklich nett von dir mit der Lasagne. Ich ess dann morgen was davon.»

«Oh ...»

Mein Vater war sprachlos. Dass ich, nachdem ich meinen Job verloren hatte, in depressivem Zustand wieder bei ihnen eingezogen war, konnte er vielleicht noch verstehen. Und sogar billigen. Aber dass ich nicht mit ihnen essen wollte, das schlug dem Fass den Boden aus. Das Essen war in seinen Augen nämlich das Allerwichtigste auf der Welt. Sollte er eines Tages nicht am Essen teilnehmen, könnte der Grund wahrscheinlich nur der sein, dass er tot war.

Ich hätte es dabei bewenden lassen können, aber es musste am besten gleich alles raus:

«Außerdem wollte ich euch mitteilen, dass Nathalie sich von mir scheiden lassen will.»

«…»

«Ich bitte euch nur um eines: Wenn sie jemals hier anrufen sollte, um sich zu erkundigen, wie es euch so geht, oder was weiß ich, sagt ihr bloß nicht, dass ich wieder bei euch wohne. Und das Gleiche gilt für Alice …»

«…»

«In Ordnung?»

«…»

«In Ordnung?»

«Ja … in Ordnung», sagte meine Mutter.

«Papa … in Ordnung?»

«Ja … ja, in Ordnung», stimmte mein Vater ein.

«Vielen Dank. Ich geh dann mal ins Bett. Gute Nacht …», verkündete ich, obwohl es noch nicht mal acht war.

Damit verschwand ich auf mein Zimmer. Am liebsten hätte ich gleich eine Mauer errichtet zwischen diesem Tag und mir. Ich legte mich auf mein Kinderbett (90 cm breit, 190 cm lang) und ließ die Bilder meines Lebens mit Nathalie in mir aufsteigen. Mit verblüffender Genauigkeit sah ich die Tage nach Alice' Geburt vor mir. Wir hatten damals eine winzige Zweizimmerwohnung, und die Wiege unserer Tochter stand dicht neben unserem Bett. Es kam mir so vor, als bräuchte ich nur die Hand auszustrecken, um diese Erinnerung zu fassen zu kriegen. Das Glück schien noch so nah, es schien greifbar, so schrecklich greifbar. Leiden heißt, das Glück nicht vergessen zu können. In den Nächten lagen wir da, lauschten dem Atem unseres Kindes und konnten kaum glauben, dass wir ihm das Leben geschenkt hatten, dass unsere Liebe ein menschliches Wesen hervorgebracht hatte. Wir fanden Gefallen an dem Ausdruck, mit dem man ein Kind als die *Frucht der Liebe* bezeichnet. Einmal spannen wir die ganze Nacht Gedanken darüber, welche Frucht Alice wohl sein mochte. Apfel oder Birne? Oder vielleicht Kirsche? All die Früchte, die uns damals eingefallen waren, holten mich plötzlich ein: Pfirsich, Banane, Ananas, Himbeere, Passionsfrucht, Mango, Heidelbeere, Pflaume, Mirabelle, Kiwi, Erdbeere … Sie schwebten über meinem Bett wie die Schafe, die man zählt, wenn man versucht einzuschlafen und nicht kann (ich glaube, ich dämmerte dann bei der Aprikose ein).

Am nächsten Tag wie auch an den folgenden Tagen ging ich auf Erinnerungsreisen. Ich ließ mich treiben, und meine Talfahrt schien kein Ende zu nehmen. Eines Morgens jedoch wachte ich voller Tatendrang auf. Ich wunderte mich. Packte mich nun das, was man den *Mut der Verzweiflung* nennt? Keine Ahnung. Jedenfalls fühlte ich mich vollkommen unbeschwert, wie befreit von der Schlinge, die sich um meinen Hals gelegt hatte. Anscheinend werden Leiden nach einiger Zeit selbst müde, uns zu quälen, und verflüchtigen sich. Ich hatte ein ganz eigenartiges Gefühl: das Gefühl, dass jetzt nichts Schlimmes mehr passieren konnte. Und sogar das Gefühl, dass ich aus den Trümmern wiederauferstehen würde.

Als mache sich meine positive Verfassung augenblicklich bezahlt, erhielt ich eine E-Mail von einem alten Kollegen von der BNP: Berthier. Man konnte zwar nicht behaupten, dass uns echte Freundschaft verband, aber immerhin hatte unsere Beziehung in der Vergangenheit auf gegenseitiger Wertschätzung basiert. Oft waren wir nach unseren langen Arbeitstagen am Abend noch was trinken gegangen. Und zwei-, dreimal waren wir sogar mit unseren Frauen, die zur Vollendung unserer Eintracht beide Nathalie hießen, beim Essen gewesen (da hatten wir also schon mal was gemeinsam). Als er zur Société Générale gewechselt war, hatte sich unser Verhältnis etwas abgekühlt. Wenn man nicht mehr zusammenarbeitet, hat man sich ja oft nicht mehr ganz so viel zu sagen. Aber von Zeit zu Zeit schrieben wir uns Mails. Das heißt, er schrieb vor allen Dingen Mails, er gefiel sich darin, irgendwelche Videos, die er komisch fand, oder schweinische Witze zu schicken, und zwar am besten gleich an sein gesamtes

Adressbuch. Ich war Teil dieses exquisiten Zirkels, der die Verbindung zwischen uns aufrechterhielt, auch wenn wir uns nur noch selten trafen. Vor diesem Hintergrund war mir der Name Berthier eingefallen, als ich überlegt hatte, wer mir vielleicht dabei helfen könnte, wieder Arbeit zu finden. Er schlug vor, ich könnte mal bei ihm im Büro vorbeischauen, um die Lage zu erörtern. Ich wusste diese Freundlichkeit zu schätzen. In schwierigen Zeiten erkennt man seine wahren Freunde, das entsprach zweifelsohne den Tatsachen.

Ich stand auf und ging in die Küche, um einen Kaffee zu trinken. Dort traf ich auf meine Mutter, die sogleich den Blick hob, in dem ein Ausdruck irgendwo zwischen Besorgnis und Erstaunen lag, den sie nur notdürftig zu verschleiern vermochte. Zum ersten Mal seit ein paar Tagen war ich angezogen, gewaschen und rasiert. Da musste wohl etwas Schlimmes passiert sein.

«Alles in Ordnung mit dir?», fragte sie sanft, als hätten selbst ihre Worte Pantoffeln an.

«Ja, Mama. Mit mir ist … alles in Ordnung.»

«Oha …»

«Ich hab jetzt gleich einen Termin.»

«Oh … einen Termin. Gut. Mit wem?»

«Mit einem ehemaligen Arbeitskollegen. Das heißt, mit einem Freund, kann man schon sagen. Er ist mittlerweile zum Filialleiter aufgestiegen und will mich treffen … wahrscheinlich hat er ein Jobangebot für mich.»

«Hoffentlich. Hoffentlich … mein Lieber …»

«Mein Lieber», ihr zärtlicher Anflug kam so unerwartet, «mein Lieber», das hatte sie schon seit November 1989 nicht mehr gesagt. Ich erinnere mich noch gut daran, weil da gerade die Berliner Mauer gefallen war. Jedoch, wie jedes Mal, wenn meine Mutter in die Zärtlichkeit abglitt, meldete sich auch sogleich das pragmatisch-psychopathische Monster in ihr zu Wort. Sie sagte:

«Wenn du schon unterwegs bist, könntest du mir eigentlich eine Stange Lauch mitbringen, oder?»

«Äh … ja, Mama. Ich kümmere mich um den Lauch.»

«Ich hab ganz vergessen, es deinem Vater aufzutragen. Und wenn er heimkommt und ich ihm dann sage, er muss noch mal los, regt er sich bloß wieder auf … Also das wäre super, wenn du den Lauch mitbringen könntest.»

«Okay.»

«Und nimm solchen, der unten schön weiß ist. Das schmeckt nämlich viel besser, wenn er unten schön weiß ist. Ja?»

«Okay, Mama. Unten schön weiß.»

«Soll ich's dir auf einen Zettel schreiben? Damit du's nicht vergisst?»

«Nein, nicht nötig, ich werd's schon nicht vergessen. Ist ja nur eine Stange Lauch, das kann ich mir merken.»

«Sicher?»

«Sicher.»

«Deinem Vater ist's nämlich lieber, wenn ich ihm alles auf einen Zettel schreibe.»

Damit sie beruhigt war und um das Ganze etwas abzukürzen, ließ ich mir den Lauch schließlich auf einen Zettel schreiben.

5

Eine Stunde später stand ich im Eingangsbereich der Filiale, in der Berthier arbeitete. Mein Herz klopfte, als fieberte ich dem ersten Rendezvous mit meiner Angebeteten entgegen. Ich hatte mir vorsichtshalber ein paar Sätze zurechtgelegt, um von den jüngsten Ereignissen mit Gelassenheit berichten zu können. Locker bleiben, das war das Wichtigste. Es galt, um jeden Preis zu verhindern, dass er eine Ahnung davon bekam, wie finster es in Wahrheit in mir aussah. Ich war ihm aufrichtig dankbar dafür, dass er mir diesen Termin gegeben hatte. Nach meiner Entlassung hatte ich ja nicht von vielen Leuten Unterstützung erfahren. Lag das an mir? War ich vielleicht nicht beliebt und begehrt genug? Wahrscheinlicher war, dass Verlierer im Berufsleben eben nicht gern gesehen sind. Wer aus der Bahn geworfen wird, gerät schnell in Vergessenheit. Im Grunde konnte ich die Zahl derer, die mir den Rücken stärkten, an einer Hand abzählen; das heißt, an einem Finger sogar. Denn außer Berthier hatte niemand auf meine E-Mails geantwortet. So weit meine Gedanken, während ich auf ihn wartete. Seine Sekretärin hatte mir Bescheid gegeben, er habe ein bisschen Verspätung, aber jetzt saß ich schon seit über zwanzig Minuten hier. In brütender Hitze. Rund um den Sekretärinnenschreibtisch sorgte ein Ventilator für eine angenehme Brise, die sich allerdings nicht recht im Raum verteilen konnte, weil die Sekretärin den Ventilator so eingestellt hatte, dass er sich nicht drehte, ich meine, er drehte sich vor allem nicht in meine Richtung. Der Stuhl, auf dem ich Platz genommen hatte, war mir anfangs noch zweckmäßig erschienen, aber mit der Zeit spürte ich, dass er doch sehr hart war. Die Leute, die den Eingangsbereich passierten, grüßten die Sekretärin, mich nicht. Ich war überhaupt nicht existent.

«Können Sie ihm vielleicht Bescheid geben, dass ich jetzt da bin?», probierte ich es noch einmal.

«Hab ich schon, Monsieur. Er weiß Bescheid.»

«Ah …»

« … »

«Danke …»

Warum ließ er mich so lange schmoren, als wäre ich eine Stange Lauch? Ich war so guten Mutes gewesen, als ich hierhergekommen war, doch mittlerweile hatte die Wartezeit meine positive Energie aufgezehrt. Hatte er wirklich keinerlei Achtung vor mir? Vor meinen beruflichen Leistungen? Ich kam mir noch kleiner als ein Praktikant vor. Ich fühlte mich so gedemütigt, dass ich schon spürte, wie die Tränen in mir aufstiegen. Dann kam er endlich, mit einer knappen Stunde Verspätung. Er murmelte eine kaum hörbare Entschuldigung. Und ich, ich lächelte wie ein Idiot und versicherte ihm, das mache doch nichts.

Kaum hatte er an seinem Schreibtisch Platz genommen, griff er zum Telefon und erklärte: «Wart mal, ich muss nur eben einen Anruf erledigen.» Und damit ging's in die nächste Runde. Er redete und redete und warf mir immer wieder kurze komplizenhafte Blicke zu. Ich nutzte die Zeit, um mich umzuschauen. Ein gerahmtes Ferienfoto zeigte ihn mit seiner Frau an einem sagenhaften Strand. Endlich legte er auf. Anstatt sich zu entschuldigen, zog er es vor, das Bild zu kommentieren:

«Ah, wenn du schon dieses Foto so anschaust. Das war das Paradies, kann ich dir sagen. Und nächste Woche fliegen wir auf die Bahamas, Nathalie und ich. Warst du eigentlich schon mal auf den Bahamas mit deiner Nathalie?»

«Nein … noch nie.»

«Geht's ihr denn gut, deiner Frau?»

«Ja, sehr gut. Danke.»

«Wir müssen mal wieder essen gehen, alle zusammen. Das war doch nett, oder? Na gut, andererseits hab ich ja gar keine Zeit. Was für ein irres Leben das ist! Nach den Bahamas muss ich gleich weiter zu einem Kongress nach Miami. Das ist der Hammer, es geht voll ab! Da gibt's wieder jede Menge Bonusmeilen bei Air France.»

«Ach ja … die Bonusmeilen, das ist eine gute Erfindung», meinte ich ohne große Überzeugung.

«Na, und wie geht's dir so, Alter? Was macht das Leben? Ich muss sagen, ich war ja ganz schön baff, als ich das gehört hab von deiner Entlassung. Arbeitsbienen wie dich gibt's ja eigentlich nicht so viele.»

«Danke … na ja, du weißt ja … die Banken stecken gerade in der Krise …»

«Ach, die Krise kann schon noch einiges aushalten», fiel er mir abrupt ins Wort.

« … »

«Wie ich gehört hab … hattest du Probleme … mit einem bestimmten Kunden …»

«Ach … da war gar nichts … also wirklich überhaupt nichts … aber das Ganze hat plötzlich gigantische Ausmaße angenommen …»

«Hör zu, ich kann dich schon verstehen. Ich hab auch Kunden, und nicht nur einen, denen ich gern mal ordentlich in die Fresse hauen würde …»

«Aber … ich hab ihm überhaupt nicht … in die Fresse gehauen …»

«Die gehen uns bloß auf'n Sack! Immer rein in die Fresse, richtig so!»

«Aber so war's gar nicht … ich hab ihn überhaupt nicht … wirklich nicht …»

«Da hat man mir aber was anderes erzählt.»

«Was hat man dir denn erzählt? Du kennst mich doch … ich könnte nie … also hör mal …»

«Na ja, ich war ja auch überrascht. Aber so was kann schon mal passieren …»

« … »

Nicht zu fassen, er gab mir unterschwellig zu verstehen, dass er es durchaus für möglich hielt, dass ich meine Kunden verprügelte. Es tat ja nichts zur Sache, aber wir kannten uns schon ewig. Ich hätte mir einfach gewünscht, dass er sagt: «Ja … klar … das ist überhaupt nicht deine Art … ich kenn dich doch …» Aber er schaute mich nur an und wirkte irgendwie peinlich berührt. Ich war vollkommen verdattert. Anscheinend musste ich den einsamen Kampf gegen die Lüge aufnehmen. Ich hatte mir einen kleinen Ausrutscher geleistet, aber deswegen brauchte man mich nicht gleich als Gefahr für die Allgemeinheit hinzustellen. Berthier schaute mich immer noch schweigend an, seine überlegene Miene vermittelte mir den Eindruck, dass der Arbeitsplatz, den er innehatte, einen Übermenschen aus ihm machte. Und ich winselte wie ein Hündchen, das hoffte, man möge ihm vielleicht einen kleinen Knochen hinwerfen. Nach einer Weile fragte er:

«Und was hast du jetzt so vor?»

« … »

Konnte ich ihm sagen, dass eine Stange Lauch für meine Mutter zu kaufen das Einzige war, was ich gerade so vorhatte?

Er machte keinerlei Anstalten, die entstandene Pause zu füllen. Schließlich ließ ich mich zu dieser Äußerung herab:

«Aber du hast mir doch geschrieben, ich solle mal vorbeikommen, damit wir drüber reden … und schauen, was sich machen lässt …»

«Schauen, was sich machen lässt?»

«Na ja … also ich dachte, du hättest da vielleicht was für mich …»

«Aha … aber weißt du, das ist gerade alles ein bisschen schwierig.»

«Aber warum hast du mir dann geschrieben, ich soll kommen … ich hab geglaubt …»

«Ach herrje, nein, ich hab nichts für dich … außerdem ist das, was du da angestellt hast, nun nicht gerade sehr hilfreich, wie du dir vielleicht denken kannst …»

«Aber ich hab überhaupt nichts angestellt!»

«Hm …»

«Und mein Lebenslauf zählt gar nichts? Damals beim Crédit Lyonnais … als der Laden noch so richtig gebrummt hat, da haben wir gemeinsam Projekte durchgezogen … Du weißt ganz genau, was du an mir hast …»

«Ja, Bernard, ich weiß, was ich an dir habe … aber jetzt weht nun mal ein anderer Wind …»

« … »

Warum saß ich überhaupt vor diesem Arschloch und bot meine Errungenschaften feil? Er hatte nichts für mich. Er hatte mich nur treffen wollen, um sich in seinem eigenen Glanz sonnen zu können. Die Freuden des kleinen Mannes. Er war gar nicht übermäßig gemein zu mir gewesen, auch nicht besonders unangenehm, aber irgendwie war diese Begegnung (inklusive Wartezeit) dann doch eine Demütigung zu viel gewesen. Ich erhob mich von meinem Stuhl und hielt ihm meine schlaffe Hand hin. Doch in dem Augenblick, in dem er sie ergreifen wollte, gehorchte ich einem inneren Drang und gab ihm eine saftige Ohrfeige. Ich hätte ihm genauso gut mit der Faust ins Gesicht schlagen können, aber ich entschied mich eben für die Ohrfeige. Berthier wäre fast hintenübergefallen, fing sich aber im letzten Moment. Er stand völlig entgeistert da.

Es vergingen einige Sekunden, in denen wir uns seltsam schweigend anstarrten, dann platzte es aus ihm heraus:

«Du bist doch vollkommen krank im Hirn!»

« … »

«Du gehörst in ärztliche Behandlung!»

Gelassen und gelöst verließ ich das Büro. Ich hätte nicht in Frieden weiterleben können, wenn ich hier nicht reagiert hätte. Als ich an der Sekretärin vorüberkam, überlegte ich kurz, ob ich ihr vielleicht auch eine runterhauen sollte, aber ich betätigte nur einen Schalter am Ventilator, damit der Luftstrom endlich den ganzen Raum erfüllen konnte.

6

Ich fuhr mit der Metro zurück. Kein Problem, einen Sitzplatz zu finden, was in meinem früheren Leben ja quasi nie vorgekommen war. Ich war aus dem Takt der Stoßzeiten gekommen. Mich beschlich ein eigenartiges Gefühl, das man als *das Gefühl des leeren Abteils* beschreiben könnte. Oft hatte ich mich über vollgestopfte U-Bahn-Wagen aufgeregt, aber jetzt merkte ich, wie dieses Gedränge mir fehlte. Ich wollte die Unerträglichkeit meines Lebens zurück. Wenn ich nun wie ein Wahnsinniger um mich schlug, dann nur, weil man versuchte, mich zur Strecke zu bringen. Eigentlich war ich nicht der Typ, der sich zu solch abenteuerlichen Gesten hinreißen ließ. Eigentlich wollte ich bloß meinen normalen Lebensrhythmus wiederhaben.

Was war das für ein Tag. Meine Stimmungen schwankten bedenklich, was hatte ich für unterschiedliche Gemütslagen durchlaufen. Ein fulminantes Erwachen, ein allzu hoffnungsfroher Beginn, dann der Wutanfall, und jetzt war ich wieder am Boden zerstört. Und der Tag war noch lange nicht zu Ende. Nachdem ich aus der Metro ausgestiegen war, hatte ich keine Lust, nach Hause zu gehen, also machte ich einen langen Spaziergang. Ich lief einfach durch die Gegend und fragte mich nicht groß, wohin ich lief. Es war schon dunkel, als ich die Wohnung meiner Eltern erreichte. Ich öffnete die Tür, schlüpfte als Erstes in meine Pantoffeln und machte mich damit auf in Richtung Wohnzimmer. «Hallo, Mama», keuchte ich und gleich darauf: «Hallo, Papa.» Doch mein zweifaches Hallo blieb unerwidert. Ich bemerkte die finstere Miene meines Vaters (soll heißen, er machte eine noch finsterere Miene als sonst).

«Du bist zehn Minuten zu spät!», brüllte er.

Das war also das Problem. Wie hatte ich vergessen können, dass ich bei den Taliban der Pünktlichkeit gelandet war? Ich stotterte ein bisschen herum und entschuldigte mich, was ihn nicht daran hinderte fortzufahren:

«Hör zu, du kannst gern bei uns wohnen, du bist hier jederzeit herzlich willkommen. Aber du musst dich an die Regeln halten. Und die Regel ist: Bei uns gibt's um sieben Uhr Abendessen.»

«Ja, ich weiß. 'tschuldigung.»

«Und du weißt auch, dass du nicht auf den Nerven deines Vaters herumtrampeln sollst», setzte meine Mutter hinzu.

Ich schaute einen Augenblick in ihre bestürzten Gesichter. Hatten sie wirklich keine anderen Sorgen? Nach dem

Essen sank mein Vater für gewöhnlich auf sein Kanapee und schaltete die 20-Uhr-Nachrichten an. Mit stoischer Miene verfolgte er die Berichterstattung über die schlimmsten Gräueltaten und saugte Völkermorde und gesellschaftliche Krisen in sich auf. Wieso setzte er die Dinge nicht in Bezug zueinander, wieso behandelte er mich wie einen Kriegsverbrecher, bloß weil ich zehn Minuten zu spät kam? Ich verkündete am besten, ich ginge ins Bett. Mein Magen krampfte sich schon zusammen. Auf dem Weg in mein Zimmer hörte ich noch, wie meine Mutter mir hinterherrief:

«Bernard! Wenn du ins Bett gehst, Zähneputzen nicht vergessen!»

« … »

Hatte ich richtig gehört? Man bekam einen Anpfiff fürs Zuspätkommen, man wurde zum Zähneputzen geschickt. Wohin sollte das noch führen? Man hätte meinen können, es sei hart genug, mit fünfzig wieder bei seinen Eltern einziehen zu müssen, aber langsam wurde es grotesk. Ich wollte hier nicht noch einmal meine Teenagerjahre erleben. Peu à peu, das spürte ich, lief die Sache aus dem Ruder. Meine Eltern sahen in mir keinen verantwortungsbewussten Erwachsenen mehr, sondern eher die gealterte Version des jungen Mannes, der ich einmal gewesen war.

Ein paar Minuten später, ich saß auf meinem Bett, kam meine Mutter herein.

«Ja, Mama, ich war schon beim Zähneputzen.»

«Ich komme wegen etwas anderem …»

«Ah, weswegen denn?»

«Weswegen, fragst du mich? Na … weißt du das denn nicht?»

«Nein. Weswegen denn?»

«Na ja … wegen des Lauchs … hast du den Lauch mitgebracht?»

«Oh, Verzeihung … ich hatte schlechte Laune nach meinem Termin, und da hab ich den Lauch wohl ganz vergessen … ich hol morgen welchen, versprochen …»

« … »

Ihr Blick verriet ein gesteigertes Maß an Besorgnis. *Einkaufen vergessen* drückte für sie ein fortgeschrittenes Stadium der Depression aus, so wie für meinen Vater *Nicht-rechtzeitig-zum-Essen-Erscheinen* ein unerhörtes Vergehen darstellte. Taumelnd ging sie aus dem Zimmer. Ich konnte mir lebhaft vorstellen, wie sie meinem Vater zuraunte: «Unglaublich … Er hat den Lauch vergessen!»

7

Anfangs hatte ich gehofft, dass Nathalie es sich noch einmal anders überlegen würde. Ich hatte geglaubt, die Sache mit der Trennung würde sich nach ein paar Wochen erledigt haben. Die ganze Geschichte habe nicht mehr Gewicht als ein Komma in einem Satz. Ich erwartete jederzeit eine SMS von ihr, in der sie mich bat, zu ihr zurückzukehren. Und ich wäre flink herbeigeeilt, so wie treuliebende Hunde und verliebte Jünglinge das eben tun. Bis hierher hatte ich den Verantwortungsvollen gegeben, der seine Ehekrise mit Würde erträgt. Doch die erhoffte SMS war nie eingetroffen, und schlimmer noch, ich hatte feststellen müssen, dass zwischen uns nicht ein Komma, sondern ein ganzer Roman stand. Nathalie hatte eine Affäre, Nathalie hatte einen anderen Mann. Irgendwann schaute ich mein Handy gar nicht mehr an, ich hatte es satt, auf etwas zu warten, was sowieso nicht kam.

Doch jetzt fiel es mir wieder in die Hände, und ich stieß auf zahlreiche Nachrichten von Nathalie, aber auch auf eine von Alice, die zurück in Paris war. Alice, die ich so schmerzlich vermisst hatte, deren Reise ans andere Ende der Welt mich so aus meinem inneren Gleichgewicht gebracht hatte. Sie war wieder da. Das veränderte alles. Es kam mir so vor, als kehrte mein ganzes altes Leben wieder, doch diese Illusion währte nur kurz, dann erfolgte die kalte Dusche in Form einer SMS von Nathalie: «Da ich dich nicht erreichen konnte, hab ich Alice wohl oder übel sagen müssen, dass wir uns trennen. Sie hat schon verstanden. LG, Nathalie.» Ich starrte auf die Mitteilung. So also sah mein Leben aus, auf Telegrammstil reduziert. Aber was bedeutete überhaupt: «Sie hat schon verstanden?» Anscheinend hatte sie Alice informiert, ohne groß auf irgendwelche Gemütslagen einzugehen. Um uns herum wimmelte es nur so von Beziehungen, die in die Brüche gingen. Wir waren nur Teil der allgemeinen Auflösungserscheinungen. All das ging ohne heftige Zusammenstöße, ohne lautes Geschrei vonstatten. Unser Untergang war etwas ganz Natürliches, er reihte sich ein in den der anderen. Wenn wir ihn wenigstens als Katastrophe erlebt hätten, als etwas Bodenloses, als gigantischen Skandal. Weit gefehlt. Das Ganze fühlte sich an, wie an ein friedliches Ufer gespült zu werden. Dieser Gedanke bereitete mir zusätzliche Schmerzen. Mein Leben neigte sich unaufhaltsam dem Ende zu, und es hatte nicht die geringsten Wellen geschlagen. Das konnte so nicht weitergehen.

In einer weiteren SMS schrieb Nathalie, sie habe Alice nicht über meine berufliche Lage in Kenntnis gesetzt. Die Bekanntgabe des Desasters sollte wohl schrittweise vollzogen werden. Mit meiner Nachtruhe war es nun vorbei. Was tun? Ich sehnte mich nach Alice, danach, sie stumm in meine Arme zu schließen. In ihrer Nähe würde es mir besser gehen, da war ich mir seltsam sicher. Vielleicht kein Zufall, dass mein Leben ausgerechnet in dem Augenblick in Stücke zerfiel, als sie sich nach Brasilien absetzte. Aber was sollte ich ihr sagen? Sie würde mich bestimmt fragen, wo ich jetzt wohnte. Ich konnte sie doch unmöglich anlügen. Und noch weniger konnte ich ihr die Wahrheit beichten. Ich schämte mich so. Nein, das ist nicht übertrieben. Ich war bereit, mich meinen Problemen zu stellen, aber nicht meiner Tochter. Als sie klein gewesen war, hatte sie mir immer erzählt, dass sie mich später einmal heiraten wolle. Und auch wenn die Jahre sicherlich ein wenig an ihrer Bewunderung für mich genagt hatten, wollte ich ihr doch nicht in so jämmerlichem Zustand gegenübertreten. Ich wollte erst alles in Ordnung bringen, bevor ich sie traf. Dies beschloss ich, obwohl es mir in der Seele wehtat.

Ich gab mir Mühe, sie nicht zu früh (damit ich sie nicht weckte), aber auch nicht zu spät (ich hatte es eilig, mit ihr zu sprechen) anzurufen. Sie hob gleich beim ersten Läuten ab.

«Papa! Wo hast du gesteckt?»

«Ich bin … in … Poitiers.»

«In Poitiers?»

«Ja, beruflich … Aber ich komm bald wieder. Versprochen.»

«Und … geht's dir gut?»

«Ja … geht schon.»

«Bist du nicht sehr traurig wegen Maman?»

«So ist das nun mal.»

«Du fehlst mir so …»

«Du mir auch, mein Schatz.»

«Ich wollte dir noch was sagen …»

«Bist du schwanger?», stieß ich plötzlich hervor.

«Ach, Quatsch! Aber ich hab jemanden kennengelernt, und wir werden zusammenziehen …»

«Ah, das hab ich mir gedacht! Ihr habt euch in Brasilien kennengelernt, stimmt's? Du bist bloß kurz da, um uns das mitzuteilen. Ah, das dacht ich mir schon. Und wann fliegst du wieder? Er spielt bestimmt Gitarre, stimmt's? Und geht ihr auf Tournee in Amazonas?»

«Aber wovon redest du denn da?»

«Na … von deinem Freund.»

«So ein Blödsinn, er spielt überhaupt nicht Gitarre. Und ich hab ihn auch nicht in Brasilien kennengelernt.»

«Ach so?»

«Ich hab ihn schon kennengelernt, bevor ich gefahren bin. Und ich hätte nicht geglaubt, dass ich ihn so vermissen würde. Wir haben die ganze Zeit geskypt, als ich in Brasilien war … na ja, aber auf die Dauer ist das ja … also das ging einfach nicht mehr.»

«Ah, verstehe …»

«Weißt du was … wenn du noch ein paar Tage in Poitiers bist … könnt ich dich auch dort besuchen kommen …»

«Oh nein … ich meine … ach ja … aber Poitiers ist ganz schön gefährlich, die Kriminalitätsrate ist ziemlich hoch.»

«Die Kriminalitätsrate von Poitiers?»

«Ja, die ist der Hammer. Aber das wird gar nicht so publik gemacht. Weil das die Wirtschaft lähmt. Aber ich sag's dir. Das ist ein heißes Pflaster. Ich halt meine ganzen Termine im Hotel ab.»

«Oh, das wusst ich gar nicht, dass Poitiers so ein heißes Pflaster ist … Aber dann können wir vielleicht skypen? Ich möchte dich gern sehen …»

«Ah … okay. Aber ich weiß gar nicht, wie das funktioniert.»

«Das ist ganz einfach. Du musst das nur runterladen. Dann skypen wir gleich morgen?»

«Morgen … wunderbar …»

«Ich schau mittags mal bei Omi und Opi vorbei. Kleiner Überraschungsbesuch.»

«Aha …»

«Na gut, ich muss los, Papa. Ich hab dich lieb.»

«Ich dich auch, mein Schatz …»

Ich legte auf. Es dauerte einen Augenblick, bis ich realisierte, dass ihre Worte ja ganz konkrete Folgen hatten. Sie würde kommen.

Sie würde hierherkommen.

Ich verließ das Kinderzimmer und hielt nach meinen Eltern Ausschau. Sie saßen in der Küche schweigend einander gegenüber und tranken Kaffee. Als ob ihnen das Blut in den Adern gefroren wäre, das die Zeit schon wieder in Wallung bringen würde. Nach einer Weile bemerkte meine Mutter, dass ich auch da war, und schickte einige unkontrollierte Hallihallos in meine Richtung. Im Gegensatz dazu sah sich mein Vater zu keinerlei Programmänderung veranlasst. Er schlürfte unverändert seinen Milchkaffee. Ich erläuterte geschwind die Lage: Ein Überraschungsbesuch von Alice stand ins Haus. Es galt, ein paar technische Details zu klären.

«Alice denkt, ich bin in Poitiers …»

«Aber wieso denn in Poitiers? Wo du doch hier bist …», seufzte meine Mutter.

«Ich will nicht, dass sie erfährt, in was für einem Schlamassel ich stecke. Voilà. Und deswegen hab ich ihr einen Bären aufgebunden und gesagt … dass ich in Poitiers bin.»

«Aber warum ausgerechnet Poitiers?»

«Keine Ahnung. Weil mir Poitiers eben gerade eingefallen ist. Scheißegal.»

«Ich finde, Poitiers klingt nicht besonders glaubwürdig», warf mein Vater ein. «An deiner Stelle hätte ich Limoges gesagt. Limoges wäre ein gutes Alibi gewesen.»

«Wie kommst du denn darauf?», unterbrach ihn meine Mutter. «Soll das etwa heißen … als du früher immer zu deinen Kongressen nach Limoges gefahren bist … also soll das jetzt heißen … dass …»

«Blödsinn! Wie kommst du denn darauf? Ich hab nur gemeint, dass Limoges glaubwürdiger klingt als Poitiers, sonst nichts!»

«Okay, okay, regt euch nicht auf. Ich bleib auf meinem Zimmer. Und ihr verratet mich nicht, ja? Ich verlass mich auf euch.»

«Ja, ja … schon gut …»

Ich ging zurück auf mein Zimmer. Einige Zeit später vernahm ich erst das Klingeln an der Tür, dann Alice' Stimme: «Überraschung!» Ich bekam Gänsehaut, als ich sie so rufen hörte, nur das eindringliche Schauspiel, das meine Eltern ablieferten, zügelte den freien Lauf meiner Gefühle. Meine Mutter redete sich fast den Mund fusselig: «Oh! Welch Überraschung! Na, so was aber auch! Also so eine Überraschung hätten wir nun wirklich nicht erwartet!» Sie heischte auch um die Zustimmung meines Vaters:

«Raymond? Hm? Hätten wir das erwartet? Was meinst du? Hm? Sag Alice doch, dass das nun wirklich das Letzte ist, was wir erwartet hätten …»

«Ja, stimmt. Was für eine Überraschung … wirklich eine äußerst überraschende Überraschung …»

Alice musste denken, die beiden Alten seien ja völlig verkalkt. Sie begaben sich alle drei ins Wohnzimmer. Ich, der sich immer über die Hellhörigkeit der Wohnung beklagt hatte, schätzte mich nun glücklich, dank der Ohren, die die Wände hatten, alles mithören zu können. Das heißt, *glücklich* ist nicht das richtige Wort. Denn vom Glück war ich weit entfernt. Das Ganze war doch absurd. Nur wenige Meter trennten mich von meiner Tochter, nach der ich mich so sehnte, aber ich verschanzte mich in meinem Zimmer. Da hatte ich aber eine ganz schön grausame Strafe über mich selbst verhängt. Es war lächerlich, sie würde mir deswegen doch nicht böse sein. Am liebsten wäre ich aufgestanden und hätte dieser Maskerade ein Ende bereitet. Aber irgendetwas hinderte mich daran: das Märchen, das ich mir ausgedacht hatte. Diese Poitiers-Geschichte, mit der ich sie angeschwindelt hatte, weil ich ihr meinen Aufenthaltsort verheimlichen wollte. Wie sollte sie mein Verhalten verstehen? Meine erbärmlichen Manöver würden sie wahrscheinlich schrecklich enttäuschen. Wieder einmal hatte ich mit meiner Entscheidungsinkompetenz geglänzt. Jetzt war es wohl am besten, das Spielchen weiterzutreiben. Wenn ich die Bilder meines Lebens so an mir vorüberziehen ließ, kam es auf eine Merkwürdigkeit mehr oder weniger auch nicht mehr an.

Meine Gefühle der Scham verwandelten sich in Ehrgeiz, mich aus dieser Bredouille herauszuwinden. Ich musste eine neue Stelle finden, dann würde ich auch meiner Tochter wieder unter die Augen treten können. In blendender Verfassung. In dem Moment, in dem ich diesen Vorsatz fasste, hörte ich sie lachen (was für ein Wohlklang). Sie brachte einen Hauch Leben mit in diese düsteren Hallen. Auch wenn das Verhältnis zu meinen Eltern nicht das beste war, hatte ich doch immer gewollt, dass wenigstens Alice eine anständige Beziehung zu ihnen aufbaute. Und sie mochte meine Eltern tatsächlich, sie verglich sie oft mit Kasperlefiguren. Es faszinierte sie, wie sie sich ständig angifteten. Einmal, erinnere ich mich, hat sie gesagt: «Man muss sich gegenseitig hassen, wenn man es lange miteinander aushalten will, das ist das Geheimnis.» Ein

Ausspruch, der mich ziemlich überrascht hatte, sie war doch noch so jung; nicht mal achtzehn. Wenn ich jetzt so daran zurückdachte, erschienen mir ihre Worte von damals in einem anderen Licht. Vielleicht hatte Alice ja recht? Das wäre die Erklärung für alles gewesen. Irgendwie war meine Art, Nathalie zu lieben, einfach zu bieder gewesen. Hin und wieder hätte es ruhig mal Zoff geben dürfen.

Auf einmal hörte ich Schritte im Gang. Ich hörte Alice, und sie kam immer näher. Bestimmt waren meine Eltern schwach geworden oder hatten sich verplappert. Ich hatte die Tür nicht abgeschlossen. Alice konnte jeden Augenblick hereinkommen und sehen, wie ich da im Kinderzimmer hockte. Unsinn, sie musste nur auf die Toilette. Aber meine Eltern waren ihr gefolgt, aus Angst, sie könnte versehentlich die falsche Tür öffnen. Und jetzt standen sie vor der Klotür und warteten, bis Alice wieder herauskam. Eine Minute später war es so weit, meine Eltern begrüßten Alice vermutlich mit einem strahlenden Lächeln.

«Aber wieso steht ihr denn hier rum?»

«Ist's gut gelaufen?», improvisierte mein Vater.

«Öh … na ja …», lachte Alice. «Also ihr seid mir ja Spaßvögel!»

«Wir müssen das doch ausnutzen, wenn du schon mal da bist», führte meine Mutter zu ihrer Rechtfertigung an.

Sie gingen alle drei wieder ins Wohnzimmer, bis Alice irgendwann verkündete, sie müsse jetzt los, Freunde treffen. Nach zahlreichen Umarmungen ging die Wohnungstür zu. Ich stürzte sofort ins Wohnzimmer, als wäre da noch etwas von Alice' Flair vorhanden, an dem ich teilhaben durfte. Instinktiv streichelte ich ein wenig den Stuhl, auf dem sie gesessen hatte, und merkte gar nicht, dass ich von meinem Vater beobachtet wurde. Mit den folgenden Worten holte er mich von meiner Wolke herunter:

«Also das ist doch eine Farce, diese ganze Geschichte.»

« … »

Da musste ich ihm ausnahmsweise mal recht geben.

8

Am Nachmittag versammelten wir uns wieder im Wohnzimmer vor dem Fernseher. Der Höhepunkt des Tages stand auf dem Programm: erst das sagenumwobene Zahlen- und Buchstabenquiz *Des chiffres et des lettres*, und gleich anschließend *Jeopardy*. Im Gefühlsranking meiner Mutter lag ich deutlich hinter dem *Jeopardy*-Moderator Julien Lepers, der ihr absolutes Idol verkörperte. Zwar bemühte sie sich stets, ihre Aufregung zu verbergen, doch es war nicht zu überhören, dass sie jedes Mal, wenn sie ihn sah, heimlich gluckste vor Glück. Mein Vater hatte freilich nur Verachtung für ihn übrig und gab – wohl aus einem primitiven, eifersüchtigen Reflex heraus – bitterböse Bemerkungen von sich wie *für ihn sei es ja leicht, die Antworten zu wissen, die stünden schließlich auf dem Zettel, den er in der Hand hielt*. Meine Mutter dagegen schwärmte von seinem Humor, seinem Schwung und dem süßen Blödsinn, den er veranstaltete. Sie liebäugelte auch mit der Vorstellung, dass ich mich einmal als Kandidat bei der Sendung präsentierte, doch die Gefahr, sich zu blamieren, war zu groß. Gleich in der ersten Runde zu verlieren hätte bedeutet, bei meiner Mutter auf ewig in

Ungnade zu fallen. Unsere Beziehung hing sowieso schon an einem Chagrinleder, da wollte ich nicht auch noch die kleine Insel, die ich in ihrem Herzen bewohnte, aufs Spiel setzen.

Bei *Des chiffres et des lettres* liefen wir uns allmählich warm. Dieses gemütliche Quiz war so etwas wie das Vorspiel zu dem Orgasmus, der uns bei *Jeopardy!* bevorstand, dem fernsehtechnischen Pendant zum täglichen Einerlei. Man fasst sich nicht mehr an, man schaut sich auch nicht mehr an, das Stadium, in dem man noch gereizt reagierte, ist längst überwunden, am Ende verursacht einem nur noch die regelmäßige Verabredung mit dem Fernseher, der uns sanft in den Alltag wiegt, zärtliche Gefühle. Die netten Moderatoren sind alte Bekannte. Andererseits, und jetzt wird's paradox, kennt man sie schon so lange, dass man ganz vergessen hat, wie sie gleich noch mal hießen. Es gibt einen Punkt, an dem Vertrautheit und Fremdheit seltsam ineinander übergehen. Das nennt man dann wohl einen festgefahrenen Blickwinkel: Wenn man fernsieht, ohne hinzusehen. Doch es naht der glückliche Moment, in dem die Quizkandidaten aus einem bunt gewürfelten Buchstabensalat möglichst lange Wörter bilden sollen. Dann sitzt man da, ringt um Worte und kommt sich mit seinen kümmerlichen Funden leicht dämlich vor. Die Kandidaten hingegen steigen in die unglaublichen Tiefen ihres Geistes hinab und fördern die ausgefallensten Wörter zutage, die es nur zu geben scheint, weil sie aus acht oder gar neun Buchstaben bestehen. Am Ende der Sendung tun einem die kleinen Genies immer ein bisschen leid. Man denkt sich, eigentlich hätten die ein besseres Leben verdient gehabt.

Aber was maßte ich mir da an? Wie kam ich dazu, mir einzureden, irgendjemand hätte *ein besseres Leben* verdient gehabt? Ich saß mit meinen Eltern vor dem Fernseher und war dabei, einem traurigen Tag die Krone aufzusetzen, an dem ich mich im Kinderzimmer verkrochen hatte, um meiner Tochter nicht sagen zu müssen, dass ich wieder bei den Eltern eingezogen war. Vielleicht sollte ich mich ja doch als Kandidat bewerben? Komisch, aber wenn ich mir die Leute im Fernsehen so anschaute, hatte ich irgendwie den Eindruck, dass die auch alle bei ihren Eltern wohnten. Jetzt kam das Zahlenquiz. Meine Spezialität. Es galt, die Grundrechenarten geschickt zu kombinieren. Man musste sechs vorgegebene Zahlen wahlweise so addieren, subtrahieren, multiplizieren oder dividieren, dass ein bestimmtes Ergebnis dabei herauskam. Volle Konzentration. Schließlich wollte ich meine Eltern mal ein wenig beeindrucken. Und ich war immer gut im Rechnen gewesen. Mir fiel ein, wie gern ich doch meinen Beruf mochte. Schade, dass ich ihn nicht mehr ausüben durfte. Mit langen Zahlenreihen hantieren, hohe Summen von einem Konto auf ein anderes buchen, die Zinssatzbewegungen beobachten, das alles hatte ich geliebt, das fehlte mir. Aber diese Quizsendung stellte eine Art Ersatz dar. Ich konzentrierte mich, spielte im Kopf verschiedene Möglichkeiten durch und verkündete dann lauthals: «Ich hab's!» Kurz darauf mussten die beiden Kandidaten im Studio gestehen, dass sie es leider nicht geschafft hatten. «Hä!? Solche Flaschen!», rief ich aus, wodurch ich mir einen Blick meines Vaters einhandelte, in dem ich lesen konnte, dass ich mich in seinen Augen nur wichtigmachte. Aber es stimmte. Ich hatte richtig gerechnet. Und ich rechnete auch bei allen anderen Zahlenaufgaben richtig. Ich war ein echtes Rechentalent. Es mag lächerlich klingen, aber ich stellte mit Befriedigung fest, dass es noch ein Gebiet gab, auf dem ich kompetent war. Aus dem Königreich der Zahlen hatte mich noch keiner verbannt.

Man hätte meinen können, meine Behändigkeit erfreute meine Eltern (es war zu sehen, dass ich kein Nichtsnutz war), doch mein Vater geriet langsam in Rage. Nach einer Weile platzte ihm der Kragen:

«Jetzt reicht's aber! Wenn du so begabt bist, warum haben sie dich dann rausgeschmissen wie einen Lumpen?!»

«…»

Da verschlug es mir glatt die Sprache. Die trübselige Wirklichkeit hatte mich wieder, nachdem ich kurzzeitig wiederaufgelebt war und in dem Gefühl geschwelgt hatte, ich würde zu irgendetwas taugen. Eigentlich war ich an die Nadelstiche meines Vaters gewöhnt, ich spürte sie schon lange nicht mehr. In Sachen Zuneigung oder gar Liebe war nichts von ihm zu erwarten, diese Einsicht hatte mich von einer enormen Last befreit. Aber als ich nun voller Verunsicherung und Selbstzweifel bei meinen Eltern aufgekreuzt war, hatte ich meinen Schutzpanzer vergessen. Ich hatte meine Hoffnungen wieder auf winzige Gunstbezeigungen seitens meiner Erzeuger gesetzt. Wie hatte ich auch nur einen Moment daran glauben können? Man glaubt immer an Dinge, die es überhaupt nicht gibt. Meine Mutter schien die Äußerung meines Vaters zu missbilligen, sie versuchte mit eindringlichen Blicken, ihn zum Widerruf zu bewegen. Er merkte wahrscheinlich selbst, dass er zu weit gegangen war, wusste aber wie immer nicht, wo der Rückwärtsgang war. Der Begriff *Entschuldigung* existierte in seinem Wortschatz nicht.* Ich stand auf und ging auf mein Zimmer.

Aber jeder Mensch hat ja auch seine überraschenden Seiten. Nur wenige Minuten später klopfte mein Vater. Ganz sachte kam er herein, also wirklich sehr sachte, ungefähr so, als würde jeder Schritt eine Weltrevolution bedeuten.

«Was gibt's?», fragte ich kühl.

«Darf … äh … darf ich mich setzen?», entgegnete er und zeigte auf das Bürostühlchen.

«Ja …»

Er setzte sich und machte dabei wenigstens einen altersgemäßen Eindruck auf mich. Kein Mann mehr, sondern schon ein schwerfälliger Greis. Da saß er nun, blickte in meine Richtung, allerdings ohne mir richtig in die Augen

* Totale und absurde Ironie des Schicksals: Das Quiz war inzwischen wieder bei den Buchstaben angelangt, und der Kandidat strich die Punkte ein, indem er aus dem Buchstabensalat das Wort «ENTSCHULDIGUNG» formte.

zu schauen, und schwieg. Ich spürte, die Worte, die er sagen wollte, kamen ihm nicht so leicht über die Lippen. Endlich hob er an:

«Wir haben alle mal … schlechte Phasen. Ich sollte dich deswegen nicht so kritisieren.»

« … »

«Ich kann mir schon vorstellen, dass das zur Zeit nicht leicht für dich ist. Ich hatte auch schwierige Phasen in meinem Leben. Vor allen Dingen mit deiner Mutter. Es ist ja nicht immer einfach mit ihr. Ständig schreibt sie mir diese Einkaufszettel. Und mach dies und mach jenes … Ich dachte mir schon oft, ich werf den ganzen Kram hin.»

« … »

«Das zehrt einfach an den Nerven. Aber das war ja schon immer so. Aber manchmal bedrückt einen das eben …»

Es bot sich mir ein verblüffendes Schauspiel. Mein sonst so selbstherrlicher, ungeschickter, streitsüchtiger und ungehobelter Vater schien plötzlich von einem Hauch von Zartheit erschüttert zu werden. Möglicherweise war mir sein wahres Wesen immer verborgen geblieben. Das Wesen eines Verstellungskünstlers, der seine Verletzlichkeit eiskalt hinter einer Maske verbarg. Nachdem mir schon meine Mutter ihre Seitensprünge offenbart hatte, stieß ich nun auch noch auf unvermutete Züge an meinem Vater. Dem Anschein nach war meine Sicht der Dinge immer eine oberflächliche gewesen. Na ja, ganz so war es nun auch wieder nicht. Mein Vater hatte schon seinen Teil dazu beigetragen. Man braucht sich keine Vorwürfe zu machen, wenn man nicht sieht, was andere nicht zeigen. Meine Welt stürzte langsam in sich zusammen, all die Illusionen, die ich mir einmal gemacht hatte, waren verschwunden, und mir war fast danach, auf meinen Vater zuzugehen, ihm auf die Schulter zu klopfen und zu sagen, wie gut ich ihn verstand. Mir war sogar fast danach, ihm zu sagen, wie sehr ich ihn liebte. Schließlich war er mein Vater, und ja, ich liebte ihn. Eine klitzekleine Geste seinerseits, so albern und erbärmlich sie auch sein mochte, und schon brachen sich all die zärtlichen Gefühle Bahn, die sich über Jahre hinweg in mir angestaut hatten.

Während ich auf dem glitschigen Terrain solcher Wallungen drohte, ins Straucheln zu geraten, nahm das Gesicht meines Vaters allmählich wieder Farbe an. Er sah irgendwie so aus, als wäre er nur eben frische Luft schnappen gewesen, als käme er von einem Spaziergang zurück, auf dem er ganz aus sich herausgegangen war, um sich selbst mal von einer anderen Warte aus zu betrachten, und jetzt war er in sich selbst zurückgekehrt, war er wieder der, der er immer gewesen war. Und so flaute mein Drang, ihm die Hand zu reichen, im weiteren Verlauf des Dialogs deutlich ab:

«Und die Sache mit dir bedrückt mich natürlich auch. Deine Mutter und ich, wir machen uns große Sorgen.»

«Ja, ich weiß … aber das ist nur so ein vorübergehender Zustand.»

«Nein, also wirklich. Du baust so viel Mist, Bernard! Und du verkriechst dich im Kinderzimmer, wenn deine Tochter zu Besuch kommt. Deine Mutter und ich, wir sind es leid! Das haben wir nicht verdient, im Alter noch mal so was durchmachen zu müssen. Wir wollen unsere Ruhe haben. Kapierst du das?»

«Ja …»

«Und hier im Haus wird schon getratscht. Alle Leute reden darüber. Du bereitest uns Schande, Bernard.»

«Aber …»

«Kein Aber. Du musst dich am Riemen reißen. Oder willst du, dass wir endlich sterben und dir die Wohnung überlassen?»

«Nicht doch …»

«Dann tu endlich was!»

« … »

Er sprang auf und verschwand um einiges schneller, als er gekommen war. Das eigene Gebrüll hatte ihm Beine gemacht. Unglaublich, wie aggressiv er zum Schluss geworden war. Aber im Grunde konnte ich seine Haltung gut nachvollziehen. Er war eben alt und hatte Angst. Meine Eltern machten sich zu viele Sorgen um mich. So konnte es nicht weitergehen. Ich musste irgendwas unternehmen.

9

In der Zeit, in der Alice in Brasilien gewesen war, hatte es nie zur Debatte gestanden, über Skype zu kommunizieren. Ich war eher konservativ und telefonierte lieber. Die neuen Technologien waren sowieso nicht mein Fall. Kein Facebook-, kein Twitter-Account, ich nutzte keines dieser modernen Hilfsmittel, die Männer und Frauen heutzutage benutzen, um sich gegenseitig zu vernetzen. Vielleicht war ich deswegen so einsam. So schrecklich einsam. Ich steckte bis zum Hals in Problemen und war so sehr mit dem herannahenden Ende meiner Ehe beschäftigt, dass ich überhaupt keinen Sinn mehr für das gesellschaftliche Treiben hatte. Ich hatte meinen Job verloren, und keiner meiner ehemaligen Kollegen erkundigte sich nach mir. Wie konnte das sein? Hatte ich so wenig freundschaftliche Verbindungen geknüpft? Ich hatte mich immer vor den anderen versteckt, das musste es sein. Dabei war ich doch einfühlsam und zuvorkommend. Das mochten nun nicht die funkelndsten Charaktereigenschaften sein, aber so ein spektakuläres, allgemeines Desinteresse hatte ich auch wieder nicht verdient. Selbst meine besten Freunde wandten sich von mir ab. Jean-Marc und Jean-Michel hatten nichts mehr von sich hören lassen. Wie betreten sie dreingeschaut hatten, als ich sie um Hilfe gebeten hatte. Immerhin waren sie in einigen Momenten gute Kameraden gewesen. In Momenten, die ich jetzt, mit etwas Abstand, als frivol bezeichnen würde. Um nicht zu sagen, als abgeschmackt, schwülstig und leer. Es war nicht viel übrig geblieben von meiner Vergangenheit. Meine Schuld. Ich hatte mir mein Leben so eingerichtet, wie andere sich ihren Urlaub einrichten. Auf einmal fuhr ich hoch und bemerkte, dass ich zu lange in der Sonne gelegen hatte und total verkohlt war.

So weit meine langen Gedankengänge, während ich nebenher auf dem Laptop Skype installierte, meine Tochter drängte nämlich darauf, sich auf diese Art mit mir zu verständigen. Wenn wir uns schon nicht treffen konnten, wollte sie mich wenigstens am Bildschirm sehen. Nach zahlreichen fehlgeschlagenen Versuchen erschien sie plötzlich auf dem Monitor. Sie grinste breit, winkte ganz aufgeregt und sagte Hallo. Ich weiß nicht, ob ich die Tragweite dieses Augenblicks erfasste. Wahrscheinlich kam ich Alice nur schrecklich bescheuert vor.

«Geht's? Ah! Kannst du mich hören? Hier bin ich!», rief sie ungeduldig.

«Äh … ja … Wahnsinn, ich kann dich sehen … einfach so …»

«Supi! Ja, lang ist's her …»

«Du … siehst … aber … gut … aus … mein … Engel …»

«Ja … mir geht's auch ganz gut. Und du? Bist im Stress?»

«Ich? Du fragst … ob ich … im Stress bin?»

«Willst du jetzt alles noch mal wiederholen, was ich sage?»

«Ich? Nein … Mir geht's gut. Und du? Wie ist es, wieder in Paris zu sein?»

« … »

«Alice? Kannst du mich hören? Haben sich alle gefreut, als sie dich wiedergesehen haben?»

« … »

«Alice? Was ist denn jetzt?»

«Wie ist eigentlich das Wetter in Poitiers?», fragte sie auf einmal.

«Na ja … es regnet … so ist das nun mal in Poitiers.»

« … »

«Verstehst du mich? Aber warum machst du denn so ein Gesicht?»

Plötzlich war Alice vom Bildschirm verschwunden. Ich rückte näher an den Computer heran, als wollte ich nachsehen, ob sie sich vielleicht da drinnen versteckt hielt. Nichts zu machen. Sie war weg. War mit der Internetverbindung irgendetwas nicht in Ordnung? Aber mir kam es eher so vor, als hätte sich ihre Miene mit einem Schlag verfinstert, und als wäre sie dann aufgestanden und gegangen. Ich begann, das Kabel rauszuziehen und wieder reinzustecken, wie man das halt so macht, wenn man durch beharrliche Wiederholung einer bestimmten Geste die Konsequenzen seines Handelns beseitigen möchte.

Doch die Situation blieb festgefahren. Alice gab keinen Piep mehr von sich. Da wurden ständig die Errungenschaften der modernen Welt gerühmt, aber irgendwie funktionierte es nie. Mir schien, als wäre ich gerade Opfer eines Entführungsfalls geworden. Immerhin war ich wertvoller Zeit mit meiner Tochter beraubt worden. Mein Jammer hing gewiss damit zusammen, dass ich so lange von ihr getrennt gewesen war. Wie hatte ich überhaupt ohne sie leben können? Dadurch, dass ich sie soeben noch gesehen hatte, vermisste ich sie jetzt noch mehr als sonst. Ich hatte das Gefühl, zu neuen unbekannten Sphären des Absurden aufzubrechen. Verbunkert in diesem Zimmer, das mir plötzlich wie ein Kellerloch vorkam. Ich musste an diesen Dostojewski-Roman* denken, *Aufzeichnungen aus dem Kellerloch*, der so beginnt:

«Ich bin ein kranker Mensch … Ich bin ein böser Mensch. Ein abstoßender Mensch bin ich.»

Ich wollte aufstehen und irgendetwas aus mir herausschreien. Aber was? Mir lagen keine Worte auf der Zunge, wahrscheinlich der übliche Inspirationsmangel. Meine Verzweiflung hatte just diesen Grad erreicht, als ich das Läuten an der Tür hörte. Ein Elternteil (schwer zu sagen, welcher, die Fortbewegung in Pantoffeln macht alle Men-

* Ja, auch Bankangestellte lesen Dostojewski. Und außerdem frage ich mich, ob man nicht sogar ein wenig russische Literatur gelesen haben muss, wenn man irgendwann dahin kommen will, sich auf das stete Auf und Ab der Börsenkurse einen Reim zu machen.

schen gleich) ging los und machte auf. Jemand betrat mit raschen Schritten die Wohnung, da bestand überhaupt kein Zweifel, kein *bonjour* noch sonst irgendwas, ein Eindringling wie ein scharfes Geschoss. Und noch so ein Punkt, der über alle Zweifel erhaben war: Die Person kam schnurstracks auf mein Zimmer zu, schon war sie da … und drückte die Klinke nach unten. Es war Alice. Jetzt stand sie wie angewurzelt in der Tür.

Da sie hartnäckig schwieg, dachte ich mir, es wäre doch interessant, mit ihr ins Gespräch zu kommen:

«Mein Schatz … ich kann alles erklären.»

«Aber was willst du denn erklären!? Warum willst du mir weismachen, dass du in Poitiers bist? Und ich hab diesen Schwachsinn auch noch geglaubt. Poitiers … da ist doch tote Hose! Echt! Und … gestern … erzähl mir nicht, dass du gestern auch schon da warst … gestern Mittag … als ich hier war …»

« … », gestand ich gesenkten Hauptes.

«Unfassbar! Ich glaub, das musst du mir echt mal erklären, Papa.»

« … »

«Und für Skype bist du einfach zu dämlich. Hast wohl nicht daran gedacht, dass man auch sieht, was im Hintergrund ist, wenn du redest, hm? Oder hast du gedacht, in den Hotelzimmern in Poitiers hängen die gleichen Pink-Floyd-Poster?»

« … »

Ich drehte mich um, und beim Anblick des Posters wurde mir schließlich klar, wie Alice mir auf die Schliche gekommen war. Während unser Schweigen unvermindert anhielt (wir mussten warten, bis ich endlich etwas sagte), bauten sich meine Eltern schon mal in den Kulissen der Szene auf. Die aufgebrachte Tochter, die sorgenvoll geknickten Eltern, das erinnerte alles an ein schlechtes Boulevardstück. Und dabei ging ich mit mir selbst noch freundlich um. Denn meine Rolle verdiente sicherlich keinen breiten Boulevard. Zu meiner Rolle passte eher ein holpriger Straßenabschnitt oder eine Gasse; vielleicht sogar eine *Sackgasse*.

10

Eine Stunde später saßen meine Tochter und ich gemütlich im Wohnzimmer beim Tee. Ich berichtete ihr von der höllischen Verkettung der Ereignisse der vergangenen Wochen und bedauerte, dass ich mich nicht imstande gesehen hatte, mich ihr anzuvertrauen. In Bezug auf Letzteres ging sie sehr hart mit mir ins Gericht. Warum ich ihr habe verheimlichen wollen, dass ich in Schwierigkeiten steckte? Das sei doch absurd. Sie fügte sogar hinzu: «Ich bin doch kein kleines Kind mehr.» Sie hatte recht. Ich hatte sie schützen wollen, wie eine Glucke ihre Brut schützt. Und diese Zeiten waren ja lange vorbei. Meine Tochter war erwachsen geworden und in der Lage, den Wirren des Lebens ins Auge zu sehen, selbst denen, die das Leben ihres Vaters betrafen. Ich musste ihr versprechen, ihr von nun an immer die Wahrheit zu sagen. Irgendwann brach sie in Gelächter aus, weil das alles so lächerlich war. Diese Geschichte mit Poitiers (sie sagte immer wieder: «Aber wieso ausgerechnet Poitiers?») und mein haarsträubender Umgang mit der modernen Technik. Ich hatte mich wirklich dumm angestellt. Aber so ist das nun mal bei Bauchlandungen: Wer einmal ins Stolpern geraten ist, verliert leicht den Überblick. Und so gerät er beim nächsten Schritt gleich wieder ins Stolpern und so weiter und so fort …

In einer zweiten Phase zog Alice die Maßnahmen in Erwägung, die zu ergreifen waren. Sie war sich ganz sicher, dass ich wieder Arbeit finden würde, und wollte mir helfen, meinen Lebenslauf zu schreiben. Wenn sie so redete, erschien alles möglich. Sie konnte Worte in Hoffnungsfunken verwandeln, das gehörte zu ihrem Wesen. Ich war mächtig stolz, Vater einer derart positiv denkenden jungen Frau zu sein. Wenn ich mir allerdings meine Eltern so anschaute, musste ich zugeben, dass nicht alle in unserer Familie aus demselben Holz geschnitzt waren. Wir bildeten ein seltsames Häuflein, um nicht zu sagen: ein genetisches Mysterium. Alice verkündete mir auch gleich, dass ich ihr künftig nicht mehr finanziell unter die Arme zu greifen bräuchte. Sie würde neben dem Studium arbeiten gehen, und außerdem verdiene Jean, ihr Freund, schon ganz ordentlich. Mit dreiundzwanzig hatte er bereits seine eigene Firma gegründet, ein «Start-up», wie Alice es nannte, und das Geschäft lief blendend. Wie faszinierend. Eine eigene Firma zu gründen, darauf wäre ich nie gekommen. Ich hatte es immer vorgezogen, mich herumkommandieren zu lassen. Wenn ich dennoch eine einigermaßen achtbare berufliche Karriere hingelegt hatte, dann weil ich das Kind einer Zeit war, in der die Dinge einfacher gewesen waren. Heutzutage musste man sich schon mehr anstrengen, um sich durchzusetzen. Mir fehlten einfach der Biss und der Ehrgeiz, ich war meiner

Epoche nicht gewachsen.* Das konnte man etwa daran erkennen, dass ich gleich beim ersten Tiefschlag nach Hause zu Mama und Papa rannte. Okay, mir war vielleicht nichts anderes übrig geblieben, und ich war auch bestimmt kein Einzelfall, aber ich hatte doch ziemlich schnell abgedankt. Doch durch die aufmunternden Worte von Alice und das Beispiel ihres Freunds, das sie mir gab, war ich voller Dynamik in die Erfolgsspur zurückgekehrt.

Mit meiner Dynamik war es schnell wieder vorbei, als Alice die Meinung äußerte, dass auch Nathalie umgehend über meinen ominösen Zufluchtsort ins Bild gesetzt werden müsste. Sie schaute gleich mal auf einen Sprung vorbei, und wie ich ihrem entsetzten Blick entnehmen konnte, war ich gerade nicht unbedingt dabei, in ihrem Ansehen wieder zu steigen. Wie Alice konnte sie überhaupt nicht verstehen, warum ich ihr nichts erzählt hatte. Wie die Tochter, so die Mutter. Und so gab ich auch der Mutter die gleiche Antwort wie der Tochter. Ich erklärte wieder, wie unangenehm es gewesen wäre, eine solch bittere Wahrheit aussprechen zu müssen. Aber was interessierte sie das eigentlich? Sie wollte doch sowieso nichts mehr von mir wissen …

«Wie kannst du so was sagen?», spielte sie sich auf.

«Ich dachte, wir hätten uns getrennt.»

* Für immer 80er, das wäre das Beste gewesen. Oder besser noch: Anfang der 80er. 1982 zum Beispiel hätte die Zeit für mich ruhig stehen bleiben können.

«Na und? Oh, Bernard, hör doch endlich auf, hier das Opfer zu spielen!»

« … »

«Du bist wieder bei deinen Eltern eingezogen! Das ist der Hammer, Bernard! Du hättest ruhig mal sagen können, was überhaupt mit dir los ist. Dann hätten wir mal geschaut …»

«Was hätten wir denn da geschaut?», fragte ich trocken.

Sie erwiderte nichts mehr. Es war haargenau das Gleiche wie mit Alice. Genau der gleiche Ablauf. Sagenhaft. Auf den anfänglichen Ärger folgte die Beruhigung der Lage, und wir tranken erneut Tee. Meine Eltern hielten sich wieder im Hintergrund, ich glaube, der unerwartete Aufmarsch in ihrer Wohnung verstörte sie völlig.

Ehrlich gesagt, war auch ich ziemlich durcheinander. Nathalie und ich unterhielten uns wie ein altes Ehepaar, das nach Auswegen aus einer schwierigen Situation sucht. Aber wir waren kein Ehepaar mehr. Und das merkte man. Nathalie war mit dem Herzen schon ganz woanders. Ihre Anteilnahme nahm Formen von Mitgefühl, von Mitleid an. Ich wollte eigentlich gar nicht mit ihr über meine Probleme reden. Und wenn ich schon nicht wusste, was ich dann wollte, so spürte ich doch, dass meine Liebe zu ihr mit einer gehässigen Prise durchsetzt war. Ich war so furchtbar böse auf sie. Doch meine Liebe zu ihr war noch stärker und brachte mich dahin, so zu tun, als vertraute ich auf meine große Zukunft. Ich stellte folgende groteske

Berechnung an: Wenn ich keine Schwäche zeige, kann ich sie vielleicht zurückgewinnen. Ich tat sogar so, als würde ich mich für ihren neuen Macker interessieren.

«Und … dein neuer … also …»

«Was meinst du, Bernard?»

«Na ja … wie läuft's so? Bist du … glücklich mit ihm?»

«Ja», stellte sie nach kurzem Überlegen fest.

«Freut mich für dich.»

«Echt?», erhellte sich ihr Gesicht.

«Nein, eigentlich freut's mich nicht. Das war nur so dahingesagt.»

« … »

«Und wie heißt er?»

« … »

«Willst du es mir nicht sagen?»

« … »

«Na?»

«Er heißt … Bernard.»

«Was???»

«Ja, er heißt genauso wie du.»

Oh Mann. Auch das noch. Ich hätte mich vielleicht damit abfinden können, dass meine Frau mich verließ, aber doch nicht wegen eines Bernards. Ich war hier der Bernard. Und es konnte nur einen geben. Man konnte doch nicht einfach von einem Bernard zum anderen wechseln.

«Das darf ja wohl nicht wahr sein! Dazu hast du kein Recht!»

«Ach, jetzt hör aber auf! Du hast hier doch nicht das Bernard-Monopol inne!»

Ich hätte aus der Haut fahren können, denn das Bernard-Monopol, das brauchte ich unbedingt. Mein Vorname, das war doch alles, was ich noch hatte. Und nun nahm man mir auch noch das. Warum hatte sie sich ausgerechnet einen anderen Bernard ausgesucht?

«Eigentlich wollte ich dir ja sowieso von ihm erzählen», fuhr Nathalie fort.

« … »

«Also ich hab ihm vorhin gesagt, dass ich dich jetzt treffe … und dass du wieder bei deinen Eltern wohnst. Und … er hat gleich angeboten, dir zu helfen … ich meine, er könnte dir Geld leihen … wenn du das willst …»

«Wie … Was? Kannst du das noch mal sagen?»

«Reg dich doch nicht gleich so auf! Das war ja nur so ein Vorschlag …»

«Du meinst, dein neuer Bernard könnte deinem alten Bernard Geld leihen? Mir, deinem alten Bernard? Hä, ist es das, was du meinst?! Für wen hältst du mich eigentlich? Schämst du dich nicht, mir so etwas vorzuschlagen?! Geld, von ihm? Von dem Kerl, der mir meine Frau weggenommen hat? Anscheinend tue ich euch ja ganz schön leid?! Tue ich euch echt so leid?!»

«Bernard … deine Eltern sind da … reg dich wieder ab!»

«Aber ich hab überhaupt keine Lust, mich abzuregen!!»

Ich warf einen Blick hinüber zu meinen Eltern. Die taten so, als hätten sie nichts gehört. Ich spürte eine solche Wut in mir. Am liebsten hätte ich alles kurz und klein geschlagen (aber das war natürlich nicht meine Art). Ich musste mich wieder abregen. Es war sinnlos, sich so aufzuführen. Nathalie hatte sich einfach nur ein bisschen ungeschickt angestellt, es war Unbeholfenheit, sonst nichts. Vermutlich laufen alle Trennungen so ab. Man weiß nicht, was man sagen soll, also sagt man Dinge, die den anderen verletzen. Man hat keine Ahnung, was der andere eigentlich will. Alice flüsterte mir ins Ohr, Nathalie habe mir doch bloß helfen wollen. Wahrscheinlich schämte ich mich in erster Linie vor mir selbst. Ich schämte mich dafür, dass ich mich hier im Wohnzimmer meiner Eltern den Blicken meiner Frau und meiner Tochter stellen musste. Jetzt wussten sie alles. Und das tat ungemein weh. Unglück ist leichter zu ertragen, solange die Personen, die einem nahestehen, nichts davon erfahren. Nathalie hatte es nur allen recht machen wollen, aber mir konnte sie nichts mehr recht machen, weil sie mich einfach nicht mehr liebte. Sie hätte sich schon neu in mich verlieben müssen, um mir etwas recht zu machen, etwas anderes hätte sie nicht für mich tun können. Ich entschuldigte mich, weil ich so übertrieben reagiert hatte, und sie hielt gleich dagegen: «Nein, ich muss mich entschuldigen.» Ich wandte ein: «Nein, ich …» So drehten wir uns ungefähr eine Minute im Kreis, bis uns der Walzer der Entschuldigungen ein Lächeln abrang. Dieser Tanz war unsere Rettung. Der Schleier des Anstands legte sich über unseren Liebesabend. Jenes Anstands, der das unwiderrufliche Ende bedeutet, den Anfang einer Reserviertheit. Langsam sah ich es ein.

Ich war wieder allein mit meinen Eltern. *Jeopardy!* ging gleich los, und der Fernseher lief immer noch nicht (daran ließ sich das Ausmaß der Katastrophe ermessen). Meine Eltern hatten sich die ganze Zeit zurückgehalten und einen reibungslosen Diskussionsablauf gewährleistet. Doch nun kam mein Vater auf mich zu. Er hatte mir etwas mitzuteilen, das merkte ich an der Art, wie er den Fernseher nicht anschaltete. An der Art, wie er um das Kanapee herumschlich. Nach einer Weile wechselte er einen Blick mit meiner Mutter, es schien, als wolle ihn meine Mutter ermutigen, seine Rede anzustimmen. Schließlich gab er sich einen Ruck:

«Ich wollte bloß sagen, dass wir für morgen Freunde zum Essen eingeladen haben. Einen Mann und eine Frau …»

«Ah, okay … und da soll ich wohl nicht da sein …»

«Nein, nein. Ganz im Gegenteil.»

«Ganz im Gegenteil?»

«Ja», fuhr mein Vater fort. «Sie bringen ihre Tochter mit. Die ist frisch getrennt von ihrem Mann und geht wie du auf die fünfzig zu.»

« … »

«Sie muss sich jetzt irgendwie umorientieren.»

Das war die Krönung. Meine Eltern wollten mich verkuppeln. Diesen Plan hatten sie bestimmt gemeinsam ausgeheckt. Allein bei der Vorstellung, dass meine Eltern für mich eine Liebschaft anbahnen könnten, wurde mir übel. Aber am widerlichsten fand ich, wie mein Vater sich ausdrückte: *Sie muss sich jetzt irgendwie umorientieren.* Das deprimierte mich wirklich ungemein. Sich umorientieren, was für ein schauderhafter Ausdruck, und auf mich bezogen, war er gleich noch viel schauderhafter. Was war damit überhaupt gemeint? Anscheinend war gemeint, dass man komplett versagt hatte und sich daher eben umorientieren musste. Dass man alles verpfuscht hatte, versuchte, dem totalen Chaos zu entfliehen, und gerade noch mal ganz von vorn anfing. So wie ich. Ich war eine absolute Niete, ich war mit Pauken und Trompeten durchgefallen. Und deswegen hieß es nach fünfzig Jahren plötzlich: Bitte umorientieren. Es wurde Abend, und immer noch spukte dieser grauenvolle Ausdruck in meinem Kopf herum, ich war wie besessen von ihm, und das machte mich fertig. Letztlich bezeichnete er ja das, was mir bevorstand: Ich musste mich *umorientieren*.

DRITTER TEIL

1

«Bemüh dich ein bisschen, damit du einen guten Eindruck machst», bat mich meine Mutter. «Das sind gute Freunde von uns, weißt du? Die beiden betreiben zusammen eine Eisenwarenhandlung, und dein Vater ist ihr bester Kunde …» Mein erster Gedanke war: Wie kann man zu zweit eine Eisenwarenhandlung betreiben? Wenn man verheiratet ist. Kann man da nicht gleich sein Leben an den Nagel hängen?

Doch meine Meinung war nicht gefragt. Meine Mutter bügelte ein Hemd für mich und suchte die passende Krawatte dazu aus. Man behandelte mich wie einen Teenie, der in der Identitätskrise steckte und dessen Pflicht es nun war, seine Sozialverträglichkeit unter Beweis zu stellen. Ich wurde in irgendwelche Kleider hineingezwängt, man nötigte mich zu lächeln, und vielleicht würde man mich sogar dazu nötigen, den Verführer zu spielen. Mich strengte jedoch allein die Vorstellung an, mich im Spiegel betrachten zu müssen. Natürlich hatte ich überhaupt keine Lust, jemanden kennenzulernen. Ich hegte immer noch zärtliche Gefühle für meine Frau. Und das Drama unserer Trennung schwebte in so unberührten Sphären, dass ich mir immer noch wie ein Wahnsinniger einbildete, das Blatt könne sich auch schnell wieder wenden. Ich klammerte mich an diese Vorstellung, in einem Augenblick der Erleuchtung würde Nathalie die Erkenntnis, dass ich der Richtige für sie war, wie ein Blitz treffen. In irgendeiner Umnachtung hatte sie sich impulsiv zu Entscheidungen hinreißen lassen, die unweigerlich gegen eine Wand prallen mussten: gegen die Wand unserer Liebe. Die Sehnsucht nach der Vergangenheit schuf pathetisch verschnörkelte Luftschlösser. Meine Vergangenheit noch einmal erleben zu dürfen, das war ein Wunsch, von dem ich ganz allgemein beseelt war. Nie hätte ich geglaubt, dass mein früheres Leben mir einmal abhanden kommen würde. Doch um die Gegenwart zu meistern, hätte sich vielmehr ein Blick in die Zukunft als hilfreich erweisen können. Von dem Abend allerdings, der mir bevorstand, brauchte ich mir gar nicht erst ein Bild zu machen. Er würde die Hölle werden. Ein Martyrium in drei Gängen.

Erneut trat meine Mutter ins Zimmer:

«Was ist jetzt? Kommst du endlich?», meinte sie genervt. «Ich hab schon dreimal nach dir gerufen! Sie sind jetzt da!»

«Ich bleib lieber hier.»

«Bernard! Jetzt mach keine Faxen!»

«Ich will niemanden sehen. Das Ganze übersteigt meine Kräfte.»

«Das fällt dir aber reichlich spät ein! Jetzt streng dich mal ein bisschen an!»

« … »

Meine Mutter geriet total in Panik. Sie fing an, unverständliches Zeugs vor sich hinzubrabbeln. War es denn so schlimm, wenn ich auf meinem Zimmer blieb? Ihre Reaktion bestätigte mir immerhin einen Eindruck, den ich schon sehr lange hatte: Bei meinen Eltern galt es vor allem, kein *Aufsehen zu erregen*. Ja, das war der richtige Begriff. Alles musste glatt und klinisch sauber vonstattengehen. Als Kind war ich zum Beispiel angehalten worden, im Restaurant immer leise zu sprechen und ja keine Leute auf der Straße nach dem Weg zu fragen. Bloß nicht auffallen. Das Leben sollte möglichst reibungslos über die Bühne gehen. Das betrifft jetzt natürlich nur das Leben in der Öffentlichkeit. Denn sobald sich die Türen hinter uns geschlossen hatten und wir unter uns waren, brach *ein Tsunami* los. Große Szenen spielen sich immer hinter den Kulissen ab. Aber diese Angst vor der Außenwelt, vor dem, *was wohl die anderen darüber denken könnten*, die hatte sich auch bei mir eingenistet. Und bei meinen Eltern wurde sie im Alter immer größer. Meine Mutter bekam fast keine Luft mehr, und damit ließ sie mir keine Wahl. Ich musste mich mit diesem Essen abfinden, mein Bestes geben, den Schein wahren.

Im Wohnzimmer grüßte ich freundlich. Das eingeladene Pärchen unterdrückte sein Entsetzen, als es mich sah. Offensichtlich war mir mein nicht allzu glorreicher Ruf vorausgeeilt. Das Gesicht der Tochter drückte dagegen Wohlwollen aus. Ich küsste sie auf die Wange und dachte mir dabei: Schade, dass sie nicht schöner ist. Alle drei saßen nebeneinander aufgereiht auf dem Gästekanapee, einem Kanapee, das seit jeher besonderen Anlässen vorbehalten war. Ich durfte mich da nicht draufsetzen. Das Pärchen wies eine frappierende Ähnlichkeit mit meinen Eltern auf. Faszinierend. Krummer Rücken, strenge Gesichtszüge, das sind Merkmale von Männern, die sich in dem Glauben wiegen, über Gott und die Welt genau Bescheid zu wissen: wie mein Vater. Die Frau dagegen wirkte eher so, als hätte sie eine dreißigjährige Depression hinter sich und als lebe sie in der ständigen Furcht, dass etwas ganz Ungeheuerliches herauskommen könnte, wenn sie den Mund aufmachte: wie meine Mutter. Dennoch stand mir der Sinn nicht danach, mich mit der Tochter zu identifizieren, auch wenn sie – wie ich – nicht gerade den Anschein erweckte, auf einer gewaltigen Welle des Selbstvertrauens zu reiten. Sylvie (so hieß sie) zwitscherte wie ein Vögelchen und garnierte ihre aus allen Wolken gefallenen Bemerkungen mit einem etwas dick aufgetragenen Lächeln. Von Zeit zu Zeit strich sie sich mit der Hand übers Kleid, als müsse sie sich vergewissern, dass es noch da war. Wahrscheinlich hatte man sie anlässlich dieses Dinners mit großer Sorgfalt da hineingezwängt. Immerhin hatten wir damit schon etwas gemeinsam, wir folgten beide dem Pfad des blinden Gehorsams.

Beim Apéritif blieb ich stumm. Ich konzentrierte mich darauf, haufenweise Erdnüsse zu knacken, was meine

Mutter zu folgendem Kommentar veranlasste: «Iss nicht so viel, sonst hast du nachher keinen Hunger mehr.» Ich erwiderte: «Ja, Mama.» Und alle Anwesenden durften daraus die Schlussfolgerung ziehen, dass ich ein ganz wohlerzogener Junge war. Die vier Alten redeten über dies und jenes. Darüber, was die Nachbarn so trieben und wie es der Familie so ging. Man bedauerte das tragische Schicksal von Hinz und Kunz, die an Prostatakrebs litten oder an Alzheimer erkrankt waren. Man erinnerte sich, wer wieder alles gestorben war. Und selbstverständlich hielt man sich gegenseitig vor Augen, wie gefährlich das Leben in Paris doch geworden war, und überhaupt sei es im Winter zu kalt und im Sommer zu warm. Kurz, es war ein wahres Freudenfeuerwerk, und es gab reichlich Grund, tonnenweise Erdnüsse in sich hineinzustopfen. Glücklicherweise brachten wir diesen ersten Programmpunkt rasch hinter uns. Je älter man wird, desto schneller erledigt sich die Sache mit dem Apéritif, der dem französischen Brauchtum zufolge den Auftakt zu einem geselligen Abend bildet. Wenn man jung ist, kann so ein Apéritif stundenlang dauern und mitunter eine volle Mahlzeit ersetzen. Jetzt wurde er wie ein notwendiges Übel abgehandelt, das man in Kauf nahm, bevor man zum Eigentlichen überging.

Ich hatte keine Lust, mich am Gespräch zu beteiligen. Aber das passte eigentlich ganz gut, schließlich war ich Gegenstand des Gesprächs, das heißt, man redete von mir in der dritten Person. Ich fühlte mich wie so ein beim Teleshopping angepriesenes Gerät. Trotz des Bankrotts meines Liebeslebens und des beruflichen Ruins (oder umgekehrt? Bankrott des Berufs- und Ruin des Liebeslebens?) galt es zu zeigen, dass in mir ein hervorragender Junge wohnte, ein «Juwel der Hilfsbereitschaft», wie meine Mutter sich im Überschwang ausdrückte. Mich widerte dieses Theater an. Ich kam mir vor wie mit sechzehn, als ich alles hässlich und doof fand. Mein Vater bot mir noch einen Schluck Wein an, doch ich erwiderte, man frage nicht, warum:

«Äh nein … lieber eine Cola.»

«Willst du wirklich keinen Wein?»

«Nein. Cola.»

«Ich auch … bitte … eine Cola», trällerte Sylvie.

« … »

Ihr erstaunlicher Beitrag machte alle etwas ratlos. Meine Mutter stand sofort auf und ging die Cola aus der Küche holen. Am besten erst gar keine Kommentare aufkommen lassen. Aber in der Veranstaltung hier war ja eine Musik drin, die die Unsäglichkeit des Ganzen zu übertönen begann. Sylvie, die bislang keinen Pieps von sich gegeben hatte, hatte auch mich überrascht. Zuvor hatte sie mir nur ein paar oberflächlich musternde Blicke zugeworfen, die zu ermitteln schienen, in welche Kategorie Sozialfall ich gehörte. Das hatte ich übrigens auch getan, ich hatte ihr Blicke zugeworfen, äußerst diskrete Blicke, ich musste ja so tun, als würde ich mich nicht für sie interessieren. Sie hatte in den vergangenen fünfzig Jahren doch ein bisschen Staub angesetzt. Ich sage das so, weil ihr Gesicht in der Tat einen irgendwie verstaubten Eindruck auf mich machte. Dieser Staub lag wie ein Schattenspiel über ihrem gekünstelten Enthusiasmus. Ihre Züge spiegelten ein *Ich muss mich dringend umorientieren* wider, also das, was man mir auch anhängen wollte. Endlich begegneten sich unsere flüchtigen Blicke, und ich las in dem ihren ein komplizenhaftes Bemühen, etwas, das so viel bedeutete wie: «Na, das ist ja ganz schön lächerlich, dass wir jetzt mit unseren alten Eltern hier beim Abendessen sitzen, aber das Ganze ist schon wieder so lächerlich, dass es eigentlich auch ganz lustig werden könnte …» Sie lud mich ein, in dasselbe Boot zu steigen, in dem wir ja eigentlich schon saßen, doch ich erwies mich als furchtbar hölzerner Zeitgenosse. Dabei hatte sie vollkommen recht. Wir hätten uns über die ganze Vorstellung lustig machen können, sie ein bisschen auf die Schippe nehmen sollen, sie nicht so ernst zu nehmen brauchen. Aber ich hatte eben nur die ernsten Dinge des Lebens im Blick, das ließ sich nicht ändern. Das heißt, im Augenblick ließ sich das nicht ändern. Ich konnte nicht aus meiner Haut, nicht einmal für ein kurzes Bad in einer anderen Stimmung.

Unsere Eltern rühmten weiter unermüdlich unsere Vorzüge (wenigstens mal was anderes als die üblichen Vorwürfe) und fanden Schnittpunkte. Das war wirklich extrem ulkig. Es genügte die Erwähnung, dass Sylvie eine Schwäche für alles Italienische hatte, schon ergriff mein Vater die Gelegenheit anzumerken:

«Oh, das ist ja verrückt! Bernard schwärmt total für Pasta! Los, Bernard … gib zu, dass du total für Pasta schwärmst!! Hm, Bernard, was ist? Hm, hm? Also das ist doch ein unglaublicher Zufall!»

«Ja», seufzte ich, als würde ich einen Mord gestehen. «Ich liebe Pasta.»

Das ging noch eine ganze Weile so weiter, sie suchten nach irgendwas, was Sylvie und mich verbinden könnte. Aber je länger sie suchten, desto klarer wurde mir, dass zwischen mir und dieser Frau keinerlei Gemeinsamkeit bestand. Die Übereinstimmungen hätten mir schon selbst ins Auge springen müssen. Konstruiert man sie, erscheinen die Abgründe, die sich auftun, nur umso tiefer. Und ich wollte mich nun auch nicht so weit umorientieren, dass ich mich auf eine Frau einließ, nur weil sie vielleicht zweimal in ihrem Leben in Rom gewesen war und ich gern Lasagne aß. Doch hinter dem Eifer, den mein Vater an den Tag legte, verbarg sich eine Strategie. Die vier Alten wollten uns unter die Haube bringen, damit sie endlich ihre Ruhe vor uns hatten. Sylvie war nämlich, nachdem sie aus ihrem Job rausgeflogen war und ihr Mann sich von ihr getrennt hatte, ebenfalls wieder bei ihren Eltern eingezogen. Das war eigentlich das, was wir gemeinsam hatten.

Die Show wurde irgendwann unerträglich. Ich konnte es nicht mehr hören, wie mein Vater sich falsche Seelenverwandtschaften zusammenreimte. Ich stand auf, um mir noch eine Cola aus dem Kühlschrank zu holen. Die dazu passende Bemerkung meiner Mutter folgte auf dem Fuße:

«Bernard, du kannst doch nicht einfach so vom Tisch aufstehen.»

«Was? Redest du mit mir?»

«Ja … Ber…nard. Man steht nicht … einfach so auf.»

«Ich kann machen, was ich will», verkündete ich mit drohender Stimme. «Ich bin doch kein kleines Kind mehr.»

«Ja, aber du streckst deine Beine immer noch unter unserem Tisch aus!», versetzte mein Vater trocken.

« … Unter eurem Tisch …?»

«Ja, unter unserem Tisch! Und deswegen … tust du, was wir sagen … verflixt und zugenäht … oh … ah … unser Bernard ist wirklich anders als andere …», mäßigte mein Vater sein Temperament und schickte ein sanftes Lächeln in die Runde, um die nette Stimmung, die er durch geschicktes, gelegentliches Einstreuen eines «Darf ich euch noch ein bisschen Wein einschenken?» zu verbreiten verstanden hatte, nicht gleich wieder zunichtezumachen. Das andere Paar dachte sich wohl, dass es mit seiner Tochter ja noch mal Glück gehabt hatte. Aller Schwierigkeiten zum Trotz blieb sie brav sitzen. Nie würde sie auf die Idee kommen, einfach so vom Tisch aufzustehen. Aus der Sicht dieses Paares hatte dieses Essen einiges für sich.

Schließlich gab ich nach. Die ganze Situation war so verworren, dass ich es für sinnlos hielt, mich ihr entgegenzustemmen. Ich setzte mich wieder hin wie ein Automat, der demnächst mal repariert werden sollte. Ein paar Minuten hing ich gedanklich irgendwie in der Luft und wusste nicht recht, wo oben und unten war. Ich kam ganz von mir selbst ab und drang in Gegenden jenseits aller Realität vor. Mein Kopf war wie leergefegt, der Wind pfiff durch meine Gehörgänge, fast hätte man zu der Annahme gelangen können, eine Buddhistenarmee habe sich meines Geistes bemächtigt. Tja, so ist es anscheinend oft. Man nennt das gemeinhin *die Ruhe vor dem Sturm*. Aber eigentlich egal, wie man das gemeinhin nennt. Ich befand mich in einem Zustand, in dem es keine Benennungen mehr gab. Wut stieg in mir auf, meine Gedanken stoben in alle erdenklichen Richtungen davon, unmöglich, aus diesem wirren Bündel etwas Konkretes zu formen. Dann stand ich auf, und die Worte, die mir in dem Moment in den Sinn kamen, lauteten wie folgt:

«Was soll das Ganze hier eigentlich? Was ist das für ein Scheiß?»

«Bernard!»

«Ruhe!!! Jetzt rede ich! Wenn man euch so zuhört, hat man ja den Eindruck, ich bin zwölf oder so! Aber jetzt reicht's! Ich werd euch mal was sagen! Ich kann eure Arschgesichter nicht mehr ertragen! Und ich kann auch dieses blödsinnige Essen nicht mehr ertragen! Ihr wollt uns doch bloß verkuppeln, damit ihr endlich eure Ruhe habt … das hab ich jetzt kapiert!»

«Bernard!!!», riefen meine Eltern im Chor.

«Ihr geht mir auf den Sack! Glaubt ihr wirklich, dass ich diese Schreckschraube heiraten werde!? Schaut sie euch doch mal an! Ich kann schon verstehen, warum ihr

Kerl die Fliege gemacht hat … jetzt lächelt sie mich auch noch an … Mein Gott, ist das deprimierend!»

« … »

«Du bist völlig bescheuert!», wetterte ich weiter Richtung Sylvie. «Genauso bescheuert wie ich! Wenn ich dich so anschaue, denk ich bloß: Oje, sie hat ja schon bedingungslos kapituliert! Schau dich doch an, wie du angezogen bist! Wie eine Mumie! Total verstaubt! Da kann ich ja gleich mit einer ägyptischen Mumie essen gehen!»

«Bernard!», mahnte mein Vater wieder.

«Bernard … damit ist jetzt Schluss! Vergesst euren Bernard endlich!»

« … »

Ich machte Anstalten, auf melodramatische Weise den Raum zu verlassen. Ein glorreicher Moment für mich. Ich hatte der Welt nun gezeigt, dass man sich auf mir nicht die Füße abtreten konnte. Ich hatte es satt, mich wie einen Trottel behandeln zu lassen, der zu blöd war, sein Leben selbst in die Hand zu nehmen. Genau, es hatte einfach gereicht. Ich war erleichtert, ich hatte meinen Gefühlen Ausdruck verliehen. Und ich hätte noch ein bisschen so weitermachen können, wirklich, von mir aus hätte es ruhig so weitergehen können, es schlummerten noch weitere Ergüsse, also Beleidigungen beziehungsweise unangenehme Wahrheiten, in mir. Aber ich ließ es lieber gut sein. Meine Eltern machten auch so schon einen ziemlich schockierten Eindruck. Und ich wollte ihnen nicht wehtun, ich hatte nur schreien wollen, um mir meine eigene Existenz zu beweisen. Dennoch merkte ich, dass nach wie vor ein gewisser Argwohn meine Züge umspielte. Ich war doch kein kleines Kind mehr, ich war vielmehr wahnsinnig und frei. Entschlossenen Schrittes machte ich mich auf in mein Zimmer, doch ich vergaß, auf die Hindernisse zu achten, die sich mir in den Weg stellten. Es kam zum Zusammenprall mit dem Wohnzimmerbüfett und infolgedessen zu einem schlimmen Sturz. Der exzessive Pantoffelgebrauch hatte die Wohnung an manchen Stellen in eine spiegelglatte Rutschbahn verwandelt, ein gefrorener See ohne die geringste Unebenheit. Der Sturz traf mich so überraschend, dass ich gar keine Zeit hatte zu realisieren, dass ich im Begriff war zu fallen. Im letzten Moment vor der Landung versuchte ich noch, mich mit der Hand abzustützen, doch zu spät. Ich fiel genau auf die Hand. Nicht besonders geistesgegenwärtig. Man hörte erst ein Knacken und dann einen Schmerzensschrei.

Unter den verdutzten Blicken der anderen fünf Genossinnen und Genossen spürte ich, wie ich allmählich ganz weiß im Gesicht wurde.

2

Sylvie erwies sich als nicht sehr nachtragend, dafür als umso geistesgegenwärtiger. Sie stand sofort vom Tisch auf, um mir zu Hilfe zu eilen. Als sie feststellte, dass ich mich am Rande der Ohnmacht befand, ging sie flink einen mit kaltem Wasser getränkten Lappen holen, mit dem sie mir anschließend sanft die Stirn abtupfte. Ich konnte diese Tüchtigkeit nur bewundern. Meine Schmerzen waren heftig, aber ich konnte immerhin gehen. Sylvie schlug vor, mich in die Notaufnahme zu fahren. Das würde schneller gehen, als einen Arzt zu rufen. Und sicherlich müsste eine Röntgenaufnahme gemacht werden. Das war ja eine Option, die uns aus diesem Jammertal herauszuholen vermochte. Am Ende hatte mein kleiner Unfall doch etwas für sich.

Ein paar Minuten später waren wir schon unterwegs. Mir war das Ganze furchtbar peinlich. Gern hätte ich irgendetwas gesagt, mich entschuldigt, aber mir fiel nichts ein, was meine Hasstiraden hätte ausbügeln können. Auch Sylvie schwieg. Obwohl sie beschlossen hatte, mich ins Krankenhaus zu begleiten, blieb sie doch recht kühl.

Mehrmals auf unserem Weg durch das nächtliche Paris drehte ich meinen Kopf in ihre Richtung. Sie hatte eigentlich überhaupt nichts Ägyptisches an sich. Ich hatte einfach irgendwelchen Blödsinn geredet. Sie erinnerte vielmehr an die Schweiz. Und sogar ein wenig an Genf. Sie hatte die Sache wunderbar in die Hand genommen, mit Tatkraft und Zartgefühl. Auf einmal fand ich es beruhigend, so neben ihr zu sitzen. Die Art von Frau, mit der man sich sogar Brüche zuziehen konnte.

In der Notaufnahme angekommen, mussten wir erst mal warten.* Die Wartezimmeratmosphäre unterschied sich letztlich nicht groß von der Wohnzimmeratmosphäre bei meinen Eltern. Nachdem Sylvie schon meinen kleinen Anfall hatte über sich ergehen lassen müssen, war es mir sehr unangenehm, ihr auch noch das zuzumuten.

«Also herzlichen Dank. Sie können mich jetzt allein lassen … ich hab Ihnen schon genug den Abend verdorben … zum Warten brauche ich jetzt ja niemanden mehr …»

«Jetzt fangen Sie auf einmal an, mich zu siezen?»

«Ach … äh … keine Ahnung …»

«Weil eben … haben Sie mich ja noch geduzt. Als Sie gesagt haben, dass ich aussehe wie eine Mumie …»

«Ach so … ja …»

«Hör zu, das ist schon in Ordnung. Wir können uns auch duzen …»

« … »

* Das ist das Paradoxe an Notaufnahmen.

«Und um auf deinen Vorschlag zurückzukommen: Nein, ich werde nicht gehen. Ich bin wild entschlossen, mein Kreuz mit dir zu tragen. Ich zieh das jetzt bis zum Ende durch …»

«Ah … na gut …», meinte ich.

In diesem Augenblick holte mich meine Vergangenheit ein. Wie kam es, dass mir das nicht schon früher eingefallen war? Wie eigenartig, geradezu romanesk. Haargenau die gleiche Szene hatte ich schon einmal mit Nathalie erlebt. Bei unserer ersten Begegnung war ich gestürzt, und sie hatte mich in die Notaufnahme begleitet. War das meine Bestimmung, musste ich mich erst verletzen, wenn ich eine Frau kennenlernen wollte? Sollte ich darin eine wie auch immer geartete Symbolik erkennen? Doch es war jetzt nicht der geeignete Moment, eventuell voreilige Schlüsse zu ziehen. Die Vergangenheit schickte sich an, der Gegenwart vielsagend auf die Schulter zu tippen und sie in das Licht meiner persönlichen Liebesmythologie zu tauchen. Von derlei Emotionen ergriffen, nahm mein Gesicht wahrscheinlich einen Ausdruck irgendwo zwischen totaler Ekstase und Einfalt an. Auch Sylvie, so schien mir, wusste ihre Gefühle nicht recht einzuordnen und schwankte zwischen Konsternation und Amüsement.

Endlich kam ein Arzt, der sich meiner annahm. Eine Röntgenaufnahme brachte den Grund meiner Schmerzen ans Licht: Mein Handgelenk war angebrochen. Wohin sollte das noch führen, wie viele Katastrophen würden sich noch anhäufen? Während der Arzt meinen Unterarm in Gips legte, deutete Sylvie ein Lächeln an.

«Ist das so lustig?», fragte ich.

«Ja, irgendwie schon.»

«Ich bin lächerlich, stimmt's?»

«Nein, eigentlich nicht. Na ja, doch. Ich musste bloß an Ägypten denken.»

«Ach so …»

«Jetzt bist du die Mumie.»

Und sie fing an zu lachen, und ihr Lachen war schön, sogar ansteckend. Der Arzt war anscheinend so geschafft von seiner Arbeit, dass er sich nicht in der Lage sah, in unseren Reigen miteinzustimmen. Er starrte uns vielmehr an, ohne sein Grauen zu verbergen. Angesichts zweier Erwachsener, die gackerten wie die Teenager, verhärteten sich seine Züge, genau wie der Gips, den er mir anlegte.

3

Als wir dann vor dem Krankenhaus standen, beschlossen wir, ein paar Schritte zu laufen. Wir hatten keine Lust, diesem zunehmend aus dem Rahmen fallenden Abend ein Ende zu bereiten. Dass wir bis hierher kaum miteinander geredet hatten, machte nichts. Wenn man sein Gegenüber nicht kennt, fürchtet man ja immer das Schweigen, das aufkommen könnte, denn *Sich-nichts-zu-sagen-zu-haben* gilt als gesellschaftliches Delikt ersten Ranges. Ich denke allerdings, dass eine wunderbare Freundschaft viel eher mit einem gemeinsamen Schweigen beginnt.

Wenig später fanden wir ein Café, das noch offen hatte, und wir setzten uns hinein. Eins von diesen Cafés, von denen es in Paris nicht mehr viele gibt, die rund um die Uhr offen haben und in denen hauptsächlich ausgezehrte Alkoholiker, Liebende und Verzweifelte verkehren. Zu welcher Spezies gehörten wir? Das würde sich ja zeigen. Sylvie bestellte, als der Kellner an unseren Tisch kam: «Zwei Cola, bitte.» Ich stand leicht auf dem Schlauch und kapierte gar nicht, worauf sie anspielte. Dieses Essen, das doch erst ein paar Stunden zurücklag, war für mich schon so weit weg. Ich hatte es einfach aus meinem Gedächtnis gestrichen. Genauso wie ich meine Eltern aus dem Gedächtnis gestrichen hatte. Ich schnappte mir den Kellner und bat ihn, doch lieber Rotwein zu bringen. Denn das lag für mich auf der Hand: Dieser Abend *roch schwer nach Rotwein*. Es gibt ja auch Abende, die schwer nach Champagner riechen, doch das war hier nicht der Fall. Außerdem saßen wir an einem Tisch.* Und wir saßen einander gegenüber, die Kennenlernposition. Jetzt würde ich Sylvie also kennenlernen. Die Leichtigkeit, die wir genossen hatten, als ich meinen Gips bekommen hatte, war einer gewissen Schwere gewichen, oder sagen wir lieber: einer gewissen Intimität. Sylvie fing an zu erzählen, so leise, dass ich kaum ein Wort verstand. Es hatte den Anschein, als sei ihr Stimmvolumen den Austausch von Vertraulichkeiten einfach nicht mehr gewohnt. Eine Situation, in der ich mich schon seit … keine Ahnung, wie lange ich mich schon nicht mehr in einer solchen Situation befunden hatte. Die herbe Schönheit solcher Momente, in denen man sich mit einer Unbekannten an einem unbekannten Ort wiederfindet, ist ja auch selten. Das Leben lag bereits hinter uns, also durften wir furchtlos drauflosplaudern. Sollte der andere unseren Äußerungen etwas abgewinnen können, war uns das höchst angenehm. Wenn nicht, auch egal. Dann würden wir eben wieder auseinandergehen, aber ohne Schaden zu nehmen. Diese Ausgangslage löste die Verkrampfungen

* Champagner trinkt man am besten im Stehen.

und schenkte uns eine Freiheit, die uns sonst fehlt, wenn wir ständig daran denken, was denn die anderen von uns denken.

Sylvie hatte viele Jahre lang in einer Schallplattenfirma gearbeitet. Zu einer Zeit, in der die Schallplattenindustrie auf dem Gipfel ihrer unerschütterlichen Selbstsicherheit stand. Es gab haufenweise Partys, man unternahm ausgedehnte Geschäftsreisen, die Leute hörten ständig Musik, das Geschäft lief prächtig. Wer hätte damals gedacht, dass diese schöne Welt in nur wenigen Jahren untergehen könnte? Auf einmal machte ihre Firma wie zahlreiche andere Firmen große Verluste. Am Abend kam sie nach Hause und sah ihre beiden Söhne, die sich Lieder illegal aus dem Internet runterluden. Ein paar Monate später wurde sie entlassen. Sie begann ihre Habseligkeiten in Pappkartons zu packen, doch dann entschied sie sich, alles wegzuwerfen. Sie wollte keine Andenken aus diesem zerstörten Reich mitnehmen. Erinnerungen brauchen keine Feuersbrunst zu überleben. Ihre Kinder leisteten ihr keinen Beistand. Sie waren mittlerweile erwachsen und gingen ihrer eigenen Wege, was an sich ja auch gut so war. Und natürlich liebten sie ihre Mutter, aber sie mussten eben an *ihre Karriere* denken, für die sie mit der Zeit ein Maß an Selbstständigkcit entwickelt hatten, das man auch als rücksichtslos bezeichnen könnte. Ihr ganzes Leben stürzte also in sich zusammen. Doch Sylvie war noch nicht am Ende ihrer Qualen angelangt. Es sollte wirklich alles in die Brüche gehen.

Kurz vor der Kündigung hatte ihr Mann ihr noch eröffnet, er werde sie verlassen. Er habe eine jüngere Frau kennengelernt. «Das gibt's doch nicht», murmelte sie vor sich hin. «Das gibt's doch nicht, das gibt's doch nicht.» Und sie setzte hinzu: «Ausgerechnet du …» Ja, ausgerechnet er. Er hatte sich in eine neue Kollegin verliebt. Das heißt, vielleicht war er gar nicht so in sie verliebt? Sagen wir, er spürte ein Verlangen nach ihr. Es war zwar schon vorgekommen, dass er seine Frau betrogen hatte, er hatte die eine oder andere Affäre gehabt, aber das waren immer nur flüchtige Abenteuer gewesen, die kein Morgen kannten. One-Night-Stands, so nennt man das. Warum sollte nun ausgerechnet dieses Abenteuer ein Morgen kennen? Mehr noch, ein Morgen nach dem anderen Morgen. Schlicht und ergreifend, weil Sylvies Mann sich von seiner Geliebten gar nicht mehr losreißen konnte. Sie bedeute ihm alles, meinte er, sie verkörpere die Sinnlichkeit und die Leichtigkeit, er könne gar nicht genug von ihr kriegen. Das Leben sei außerdem zu kurz, um sich lange mit Enttäuschungen aufzuhalten. *Das Leben ist so kurz*, es gibt wohl kaum einen besseren Scheidungsgrund. Er fiebere die ganze Zeit nur dem nächsten Rendezvous mit ihr entgegen. Irgendwann habe die junge Frau ihm das klassische Ultimatum gestellt: entweder sie oder Sylvie, er müsse sich jetzt entscheiden.

«Ich weiß, dass das nicht einfach für ihn war …», merkte Sylvie erstaunlicherweise an. Wahrscheinlich hatte sie sich an diesem Gedanken festgehalten, um nicht total zusammenzubrechen. Der Grund, warum er sie verlassen hatte, sei sicher gewesen, dass er einfach nicht anders konnte. Doch das änderte nichts daran. Als er weg war, war sie wochenlang am Boden zerstört. Vollkommen niedergeschmettert. Ihre Kinder kamen sie häufig besuchen, das heißt am Anfang vor allem, aber sie bemühte sich, nicht zu zeigen, wie es wirklich in ihr aussah. Sie sagte, so sei nun mal das *Leben*, und fühlte sich dabei schon so gut wie tot. Sie wollte nicht erläutern, wie grausam, wie wahnsinnig grausam es für sie war, so sitzen gelassen zu werden. Und das alles wegen eines Flittchens, das ihm anscheinend ein paarmal einen geblasen und ihm so den Kopf verdreht hatte. Dass Sylvie hier erstmals ein wenig ins Derbe abglitt, gab mir eine Ahnung davon, wie frisch ihre Wunde noch war, um nicht zu sagen: taufrisch, sie klaffte mich geradezu an.

Während sie hin und wieder einen kleinen Schluck nahm, erzählte sie mir weiter aus ihrem Leben. Manchmal gönnte sie sich eine Pause, als wundere sie sich selbst über das, was sie da gerade tat: Sie schüttete mir ihr Herz aus. Sie schüttete es komplett aus. Auch wenn die Situationen, die sie schilderte, sehr ernst waren, hatte die Art und Weise ihrer Schilderungen nichts Dramatisches. Ihr Schmerz und ihr Leid waren förmlich zu spüren, aber sie schmückte das Ganze nicht aus. Das war wohl eine Form von innerem Anstand, mehr noch: von Takt. Hie und da deutete sie sogar ein Lächeln an (dem Alkohol sei Dank?), insbesondere als sie das neue Leben ihres Mannes skizzierte. Die junge Frau war recht verschwendungssüchtig. Sie gehörte zu der Sorte, die die Gunst eines Mannes an den Summen misst, die er für seine Frau aufwendet. So stürzte er sich in ungeheure Ausgaben, um ihr seine Liebe zu beweisen, und wurde tüchtig geschröpft. Was für Sylvie nicht ohne Folgen blieb (und noch einen draufsetzte). Ihr Mann fand es nun komfortabler, keine Unterhaltszahlungen mehr zu leisten, obwohl er wusste, dass sie ihren Job verloren hatte. Da sah sie sich gezwungen, wieder bei ihren Eltern einzuziehen.

Sylvies Geschichte kam mir irgendwie tragischer vor als meine eigene, wenngleich die zwei in solidarischer Tristesse doch Hand in Hand gingen. Ich hatte Sylvie, als ich sie im Wohnzimmer meiner Eltern gesehen hatte, erst falsch eingeschätzt. Ich hatte mich über ihr zaghaftes Lächeln lustig gemacht, mit dem sie versucht hatte, eine gemeinsame Ebene mit mir zu schaffen, das ja von einer Stärke zeugte, die mich nicht gerade auszeichnete. Eigentlich war ich ein ziemlicher Jammerlappen. Sylvie dagegen blieb trotz der Abwärtsspirale, in der sie sich schraubte, irgendwie optimistisch. Sie beklagte sich nicht, beschrieb die Tiefschläge, die sie erlebte, frei von Pathos, sie haute mich echt um. Ich fragte sie, was sie denn so vorhabe:

«Jetzt?»

«Nein … später», antwortete ich, ohne die Ironie aus ihrer Bemerkung herauszuhören.

«Später … werde ich die Eisenwarenhandlung von meinen Eltern übernehmen. Ich glaube, mir bleibt gar nichts anderes übrig.»

«Aber … das ist doch nicht das Richtige für dich …»

«Bernard, mir bleibt nichts anderes übrig. Ich hab vor ein paar Tagen angefangen, mich mit dem Gedanken anzufreunden. Und ich hab jede Menge Ideen, wie man den Laden wieder in Schwung bringen kann. Denkbar wäre zum Beispiel, so eine Ecke mit Sexspielzeugen einzurichten. Die ganzen Nägel, die da rumliegen, müssen doch irgendwie die Sadomasokundschaft anziehen …»

«Oho …»

«Heutzutage muss man innovativ sein, Bernard. Verstehst du? Man muss innovativ sein.»

« … »

«Das ist das Einzige, was hilft.»

Innovativ sein. Sie hatte vollkommen recht. Man musste sich ein wenig umsehen und nach neuen Geschäftsmodellen Ausschau halten. Die Welt war am Ende, von der Finanzkrise erschöpft. Genau der richtige Zeitpunkt, um noch einmal ganz von vorn anzufangen, oder? Um noch einmal neu anzufangen, um alles anders zu machen. Ich ließ einen Augenblick meine Gedanken treiben, ich hatte ja keine Ahnung, wie es mit mir weitergehen sollte, aber immerhin leuchtete mir gerade ein, dass es ganz schön sinnlos war, bei irgendwelchen Banken mit meinem Lebenslauf anzuklopfen. Es war sogar grotesk, sich in dieser dem Untergang geweihten Branche umzutun. Da wartete keiner auf jemanden wie mich. Ich musste also innovativ werden. Das Erste, was mir in den Sinn kam, war:

«Morgen fange ich an, mir einen Schnurrbart wachsen zu lassen.»

«Das ist prima, Bernard. Mit dem Schnurrbart allein kannst du zwar noch nicht bei deinen Eltern ausziehen, aber das ist schon mal ein Anfang …», kommentierte Sylvie und unterdrückte dabei ein Lachen.

Ich musste zugeben, dass meine Schnurrbartvorstellungen nicht besonders klug waren, aber ich hatte keine Lust mehr, mir weiter den Kopf zu zerbrechen. Ich wollte einfach drauflosreden, die Wörter ohne vorherige Absegnung durch irgendwelche Kontrollinstanzen frei aus mir hervorsprudeln lassen.

Wir redeten die ganze Nacht. Wir redeten und redeten. Und wir tranken die ganze Nacht. Tranken und tranken. Es war so schön, betrunken zu sein. Mir wurde klar, dass mein Lebensstil viel zu nüchtern gewesen war. Wir erzählten uns Geschichten aus unserer Jugend, die schlimmsten Momente, die peinlichsten Situationen, die ärgsten Enttäuschungen, wir kannten nicht den geringsten Skrupel. Ich weiß nicht mehr, wie ich darauf kam, irgendwann fragte ich sie jedenfalls:

«Wo kommst du eigentlich her?»

«Aus Poitiers.»

«Nein! Aus Poitiers? Echt?»

«Ja, wieso? Was ist daran denn so besonders?»

«Du kommst aus Poitiers! Das ist der Hammer!»

«Äh, kannst du mir das vielleicht erklären? Was ist denn da … in Poitiers?»

«Poitiers, Poitiers … da bin ich gerade, in Poitiers!»

«Bernard … wir sollten wohl besser mit dem Trinken aufhören …»

«Poitiers …», seufzte ich ein letztes Mal.

Aber Sylvie hatte schon recht, wir sollten besser aufhören zu trinken. Wir verließen das Lokal, machten ein paar Schritte und mussten feststellen, dass unser Gang doch leicht an Geradlinigkeit eingebüßt hatte. Sylvie war etwas in Sorge, ich könnte wieder hinfallen. Schließlich ließen wir uns auf einer Bank nieder und sahen, dass die Sonne aufging. Wie viele vergessen geglaubte Gefühle hatte ich in dieser vergangenen Nacht in mir wiederentdeckt. Wir beschlossen den Abend so, wie wir ihn begonnen hatten: schweigend. Natürlich hätten wir uns auch küssen können, doch wir taten es nicht. Aber es war fast so, als würden wir. Der Geschmack ihrer Lippen lag auf meiner Zunge wie ein Traumgesicht, das die Wirklichkeit streifte. Manche Dinge braucht man gar nicht real zu erleben, man erlebt sie auch in der Vorstellung intensiv genug und vielleicht sogar noch intensiver. Als verberge sich unter dem Leben noch ein anderes Leben.

4

Als ich bei meinen Eltern ankam, bemühte ich mich, so wenig Lärm wie möglich zu machen. Endlich einmal er--wiesen sich die Pantoffel als nützlich. Ein Blick ins Wohnzimmer bestätigte, dass alles picobello aufgeräumt war. Kein Mensch wäre darauf gekommen, dass hier wenige Stunden zuvor noch ein Essen stattgefunden hatte. Meine Eltern waren absolute Meister in der Kunst, menschliche Überreste zu beseitigen. Wer hier lebte, verwandelte sich in ein *Wesen, das keine Spuren hinterließ*. Von dem Aufruhr, den ich veranstaltet hatte, war nichts mehr übriggeblieben. Da es auch keinerlei Beweise gab, ließ sich sogar anzweifeln, ob hier überhaupt irgendetwas vorgefallen war. Meine Eltern wären sicher imstande gewesen, alles abzustreiten. Das konnte ich mir sogar gut vorstellen. Wenn das Wohnzimmer so aussah wie immer, hieß das, dass nichts passiert war. Wir hatten gar nicht gegessen, ich war überhaupt nicht ausgerastet und ich war auch nicht aufs Handgelenk gefallen. Nichts von alldem war geschehen und hätte damit auch keine Konsequenzen. In diesem letzten Punkt sollte ich mich gewaltig irren: Mein kleiner Aufstand löste nämlich einige Turbulenzen aus.

Ich konnte kaum schlafen in jener Nacht (oder vielmehr an jenem Morgen). Aber das entsprach dem körperlich verwirrten Zustand, in dem ich mich befand, nachdem ich ja so ausgiebig um die Häuser gezogen war und mir gehörig einen hinter die Binde gekippt hatte. Entschlossenen Schrittes betrat ein Schatten meiner selbst die Küche, im Stile eines Festangestellten mit geregeltem Tagesablauf, dessen Leben wie geschmiert läuft. Da saß meine Mutter vor ihrer Kaffeeschale und schien in einen Tagtraum versunken. Sie wirkte irgendwie geistesabwesend. So als hätte sie ihren Körper ausgesetzt wie einen Hund am Straßenrand. Trotz einiger Zeichen, die eindeutig auf meine Anwesenheit hindeuteten – ein leichtes Hüsteln meinerseits, ein Räuspern, sogar ein «Hallo, Mama», das scheinbar ungehört verhallte –, hob sie nicht einmal den Kopf. Ich existierte überhaupt nicht für sie. Keine Bemerkung bezüglich meines eingegipsten Arms, nichts. Wahrscheinlich war sie noch sauer auf mich wegen des verkorksten Essens und strafte mich jetzt mit Verachtung. Nein, es musste etwas anderes sein. Denn nach einer Weile ging sie dazu über, mich mit einem Lächeln auf den Lippen eingehend zu betrachten. Diese Art des Lächelns kannte ich gar nicht von ihr. Offensichtlich hatte sie auch im hohen Alter noch ein paar innovative Gesichtsausdrücke drauf.

«Alles in Ordnung mit dir, Mama?», erkundigte ich mich leicht besorgt.

«Ja, ja, alles in Ordnung. In bester Ordnung sogar.»

«Ach so?»

«Ich hab dir eine heiße Schokolade gemacht.»

«Aber Mama … du weißt doch, dass ich jetzt immer Kaffee trinke.»

«Ach ja … stimmt ja. Wie dumm von mir! Wie hatte ich das nur vergessen können? Mein Sohn trinkt jetzt immer Kaffee. Aber selbstverständlich. Er will Kaffee!»

« … »

Sie eilte in Richtung Kaffeemaschine, schenkte mir eine Tasse ein, und ich nahm unverzüglich den ersten Schluck (nach einer durchzechten Nacht entfaltet so ein Kaffee erst seine volle Wirkung). Dann beugte sie sich weit zu mir herüber, ganz weit, so als wollte sie ihre Haare in meine Tasse tunken. Ich wich etwas betreten zurück. Sie wahrte den so hergestellten Abstand, starrte mich aber weiterhin unverwandt an. Sie schien das zu genießen, so wie ich den Kaffee genoss. Ihr Gebaren kam mir immer merkwürdiger vor.

«Mama, meinst du wirklich, dass alles in Ordnung ist mit dir?»

«Aber ja, wenn ich's dir sage.»

«Ich verstehe, wenn du sauer auf mich bist wegen gestern. Mir tut das Ganze echt leid. Ich werde mich bei euren Bekannten entschuldigen müssen.»

«Du brauchst dich nicht zu entschuldigen.»

«Ach nein?»

«Nein, wofür willst du dich entschuldigen?»

«Na ja … ich … also … ich hab mich ja ganz schön aufgeregt … beim Essen …»

«Du hast einfach nur gesagt, was du gedacht hast. Und ich glaube, du hattest recht mit dem, was du gesagt hast.»

«Wirklich?»

«Ja, du hattest recht. Na gut, du bist vielleicht ein bisschen weit gegangen, das stimmt schon. Du hättest nicht solche Zustände kriegen müssen, aber im Grunde hattest du recht. Du hast deinem Herzen Luft gemacht, das musste einfach raus. Tja, so ist das manchmal. Das Herz geht an die Decke, und man kann überhaupt nichts dagegen machen. Insofern hattest du recht.»

« … »

«Man macht das nicht oft genug, sagen, was man denkt. Man nimmt sich immer zurück, gibt klein bei.»

«Hm … na ja … nicht immer …»

«Doch, immer. Es gibt so vieles, was ich bereue, ich habe mich immer nur zusammengenommen …»

« … »

«Aber ab jetzt wird alles anders. Es kommen große Entscheidungen auf mich zu. Und diese Einsicht hab ich dir zu verdanken.»

« … »

«Mein Sohn, ich danke dir.»

Ich war sprachlos. Was hatte ich nur getan? Ich hatte ein Monster erschaffen, ein Monster, das sich durch seinen kühlen Kopf auszeichnete. Seine Stimme klang ruhig und überlegt. Nie hatte es an den Grundlagen der Existenz gerüttelt, nun fing es an, alles infrage zu stellen. Aber mit achtzig zu verkünden: «Ab jetzt wird alles anders», das erschien mir ein bisschen spät. Ich hatte ja schon von einigem gehört, von der Pubertätskrise, von der Midlifecrisis, um die fünfzig erlebt man auch noch mal eine Krise, aber davon, dass jemand in ihrem Alter plötzlich alles über den Haufen warf … Sie fuhr in ihrem gesetzten Ton fort:

«Dein Vater war heute Morgen sehr verärgert wegen gestern Abend. Deswegen hab ich ihn erst mal zum Einkaufen geschickt. Das beruhigt ihn immer, wenn er auf den Markt gehen kann mit seinem Einkaufszettel in der Hand. Aber wenn er zurückkommt, werde ich mit ihm reden.»

«Mit ihm … reden?»

«Ich werde ihm sagen, dass ich ihn verlasse. Mir reicht's nämlich. Du hast vollkommen recht. Ich kann nicht mehr. Ich halt diesen Mann nicht mehr aus. Da hat sich zu viel in mir angestaut in all den Jahren. Ich hab mich von ihm schikanieren lassen. Das ging bis zur Selbstaufgabe …»

«Mama, du spinnst wohl! Hörst du, was du da gerade sagst? Du kannst ihn doch … nicht einfach so verlassen! Also wirklich! Komm mal zurück in die Wirklichkeit. Du hast ja komplett den Verstand verloren.»

«Also du darfst machen, was du willst, aber ich anscheinend nicht!? Ich hab überhaupt nicht den Verstand verloren. Im Gegenteil! Ich glaub, mein Verstand war noch nie so klar wie in diesem Augenblick …»

« … »

In dem Moment sperrte jemand die Wohnungstür auf. Dieser Jemand zog im Gang die Schuhe aus, schlüpfte in seine Pantoffeln und schlurfte dann den Flur entlang. Mit panischen Augen starrte ich meine Mutter an. Diese panischen Augen flehten sie an, nicht gleich etwas zu sagen, sondern sich noch ein bisschen Zeit zu lassen. Als mein Vater schließlich mit dem Einkaufskorb in der Hand in der Tür stand, warf er mir einen vernichtenden Blick zu:

«Ah, da bist du ja …»

« … »

Kurzzeitig herrschte Spannung, was nun als Nächstes kommen würde. Es war ein bisschen wie im Western, wie in *Zwei glorreiche Halunken*. Vielleicht hätte der Szene noch eine kleine Mundharmonikamelodie gutgetan, um die drückende Stille zu brechen. Doch dann gab meine Mutter den ersten Schuss ab:

«Ja, da ist er. Und du bist auch da. Daraus kann man noch niemandem einen Strick drehen.»

«Was ist denn mit dir los?», fragte mein Vater.

«Was mit mir los ist? Du fragst, was mit mir los ist? Willst du's wirklich wissen?»

« … »

Die Gereiztheit meiner Mutter schien ihn ganz aus der Fassung zu bringen. Aber das war noch nicht alles. Meine Versuche, sie zurückzuhalten, mein Rat, sich Zeit zu nehmen, es hatte nichts genützt. Es musste einfach raus, und zwar auf der Stelle, sie musste sich und uns ins Chaos stürzen, ich kannte diesen Zustand ja. Letztlich waren wir gar nicht so unterschiedlichen Charakters. Wir konnten uns beherrschen, wir hatten uns gut unter Kontrolle, bis irgendwann der Moment kam, in dem alles aus uns herausbrach. Am besten suchte ich schnell das Weite. Als ich mir meinen Mantel überzog, hörte ich meinen Vater brüllen: «Du hast wohl nicht mehr alle Tassen im Schrank! Du bist ja völlig meschugge!» Es ging noch ein bisschen so weiter, aber den Rest verstand ich nicht mehr so genau, ich hatte es eilig, dem Ganzen zu entkommen.

5

Ich ließ mich auf einer Bank nieder. Wenn man in Schwierigkeiten steckt, denkt man immer, dass es demnächst bestimmt wieder aufwärtsgeht. Na ja, ganz so ist es nun auch wieder nicht. Man stellt eher verblüfft fest, dass sich eine Verwünschung an die andere reiht. Beschwört ein Unglück weiteres Unglück herauf? Da stand ich nun am Rande des Abgrunds, nachdem mich meine Frau verlassen hatte, ich meinen Job losgeworden und wieder bei meinen Eltern eingezogen war. Das durfte doch alles nicht wahr sein. Schlechte Phase, schön und gut, aber ich hatte eher den Eindruck, dass ich zwar schon unten angekommen war, doch da hing noch so ein schwerer Klotz an mir, der mich Hunderte von Metern unter dem normalen Elendsmeeresspiegel gefangen hielt.

Ich verbrachte den größten Teil des Vormittags damit, mich für die Katastrophen, die über mich hereingebrochen waren, schuldig zu fühlen. Vielleicht klebte irgendeine Seuche an mir? Dann machte man am besten einen großen Bogen um mich. Der Schlafmangel verfinsterte meine Gedanken und hielt mich davon ab, die neuesten

Entwicklungen bei Lichte zu betrachten. Ich hatte schließlich einen ganz tollen Abend verlebt. Und ich hatte eine außergewöhnliche Frau kennengelernt. Aber wenn ich der Logik der vergangenen Tage folgte, würde ich sie wahrscheinlich nie wiedersehen, oder sie würde sich als Psychopathin entpuppen oder als Serienmörderin; wenn nicht, würden wir eben auf der ersten gemeinsamen Reise, die wir unternahmen, bei einem Flugzeugabsturz ums Leben kommen. Sollte es so etwas wie Glück auf Erden geben, würde mein fatales Genie sich gewiss darauf verstehen, es zu besudeln.

Wenige Stunden später sah ich schon nicht mehr so schwarz, und ich traf mich mit Alice in einem Café. Als sie meinen Gipsarm erblickte, rief sie spontan den Satz aus, den man als Parole meiner gegenwärtigen Lage hätte ausgeben können: «Das hatte gerade noch gefehlt!» Ich ließ schnell ein paar ausgeklügelte Bemerkungen fallen, von wegen es gehe mir schon viel besser und ich würde auch hinsichtlich meiner beruflichen Zukunft wieder Hoffnung schöpfen. Anscheinend zeigte ich Talent für dieses falsche Spiel und strahlte einigermaßen Selbstvertrauen aus, denn Alice stärkte mir gleich den Rücken:

«Gut so, Papa, das ist genau die richtige Einstellung.»

« … »

«Es ist ganz wichtig, dass man immer optimistisch bleibt.»

Meine Tochter hatte den Durchblick, immer optimistisch bleiben. Sie gab mir gute Ratschläge, war fast wie ein Vater zu mir. Meine Mutter dagegen verhielt sich wie ein pubertierender Teenie. Die Generationen waren wahrlich außer Rand und Band. Und erst die Ironie mancher Umstände: Meine Tochter zog mit ihrem Freund zusammen (und stand damit nun auf eigenen Beinen), während ich zu meinen Eltern zurückkehrte (also nicht mehr auf eigenen Beinen stand). Das Leben kannte wirklich verschlungene Wege.

Alice hatte jedenfalls einen besseren Draht zur Arbeitswelt als ich. Wir hatten uns verabredet, um gemeinsam an meinem Lebenslauf zu arbeiten. Sie meinte, man müsse alles noch mal neu schreiben.

«Man kapiert überhaupt nicht, wo deine Kompetenzen liegen», erklärte sie.

«Aha …»

«Wo liegen deine Kompetenzen eigentlich? Die müssen dann an den Anfang …»

«Ah …»

«Na?»

« … »

«Fällt dir nichts ein?»

« … »

«Du kannst doch ganz gut Sachen verwalten, oder?»

«Hm, na ja … ich steh jetzt in meinem Alter ohne einen Cent da. Da kann man nun nicht gerade behaupten …»

«Vergiss das. Das wissen die Leute doch überhaupt nicht.»

«Wie?»

«Du musst aufhören, über deine Probleme nachzudenken. Du musst dich selbst neu erfinden. Red dir ein, dass du der Beste bist. Dass dir die Welt zu Füßen liegt. Du musst unbedingt eine positive Ausstrahlung haben …»

«Oje, hört sich kompliziert an …»

«Und was ist mit deinen Hobbys? Du kannst auch deine Hobbys angeben … Freizeitaktivitäten … womit du dich gern beschäftigst.»

«Ach so …»

«Du spielst doch zum Beispiel gern Tennis, oder?»

«Na ja … ich hab schon seit zehn Jahren nicht mehr gespielt.»

«Also was dann? Spielst du noch Gitarre? Hörst du gern Musik?»

«Gitarre spiele ich schon lange nicht mehr. Und Musik … na ja … also ich hör zwar viel Radio, aber meistens nur Nachrichten. Kann man hinschreiben, dass ich gern *France Info* höre, wäre das ein gutes Hobby?»

« … »

Es war furchtbar, ich hatte überhaupt keine Hobbys. Und ich konnte auch schlecht hinschreiben, dass ich in meiner Freizeit leidenschaftlich den *Aktienkurs verfolgte*. Kurz, ich empfand es als ganz schön strapaziöse Übung, die Dinge auf den Punkt zu bringen und dabei in meinem vollen Glanz zu erstrahlen. Einen Lebenslauf schreiben heißt:

schonungslos sich selbst ins Auge zu sehen. Und wie schnell kommt man sich dabei schäbig vor. Die Lebensläufe der anderen sind immer irgendwie besser, vollständiger, aufregender. Und es gibt auch immer Bewerber, die fließend Japanisch, Russisch und Deutsch können. Oder warum nicht gleich Serbokroatisch? Andere Bewerber sind bestimmt auf schwedische Filme ohne Untertitel oder auf osmanische Bildhauerei spezialisiert. Ich bemühte mich, auf meine Tochter engagiert und zuversichtlich zu wirken, aber in mir drinnen sah es alles andere als engagiert und zuversichtlich aus. Die Ereignisse der jüngsten Zeit hatten meinen Lebensmut vollständig aufgebraucht. Woher soll man die Stärke nehmen, wenn man immer nur Ablehnung erfährt? Zum Glück war da noch Alice, die ihren göttlichen Enthusiasmus versprühte. Sie war sich ganz sicher, dass ich eine neue Stelle finden würde. Sie sagte, in der derzeit angespannten Lage brauche die Welt Leute wie mich, auf die man sich hundertprozentig verlassen könne. Praktisches Know-how und Erfahrung seien Qualitäten, die wieder im Kommen seien. Wie gern hätte ich ihren Worten Glauben geschenkt. Ihrer Ansicht nach verkörperte ich den Angestellten vom alten Schlag, den die Leute extrem sympathisch fanden. Menschliche Wärme und persönliche Ratschläge stünden höher im Kurs denn je. Die Leute, die die Gesellschaft in der Krise ausgestoßen hatte, würden jetzt wieder dringend benötigt, da die Zeiten so roh und barbarisch geworden seien. Mit anderen Worten, es bestand durchaus Bedarf an so einem Bernard wie mir.

Es war mir ziemlich peinlich, dass wir so viel über mich redeten (das war doch nicht normal in einer Vater-Tochter-Beziehung), also stellte ich ihr auch ein paar Fragen. Ihr ging's gut, das war die Hauptsache. Wenn ihr die Sonne lachte, fiel es auch mir leichter, meine Probleme in Angriff zu nehmen. Einige Zeit später sollte ich erfahren, dass sie mit inneren Dämonen kämpfte und in diesem Kampf ganz auf sich allein gestellt war. Das heißt, sie war so freundlich, sich mir ausschließlich von ihrer besten Seite zu präsentieren. Nicht nur mir, auch ihrer Mutter. Damit wir uns keine Sorgen machten. An dem Tag, an dem ich vor den melancholischen Anwandlungen meiner kleinen Tochter nicht mehr die Augen verschloss und sich mir ihre verborgenen Wunden auftaten, an dem Tag wurde ich ihr wieder ein Vater.

6

Während ich mit Alice im Café saß, war eine SMS von Sylvie gekommen. Sie wollte mit mir «wohin» fahren. Es ging ein paarmal hin und her, ich versuchte, in Erfahrung zu bringen, wohin es gehen sollte, doch sie schrieb:

«Surprise.»

Wann hatte man mir zum letzten Mal eine Überraschung bereitet? Vor einem Jahr, vor zehn, vor Tausenden von Jahren? Wir verabredeten uns für den späten Nachmittag. Vorher wollte ich es auf jeden Fall vermeiden, meinen Eltern meine Aufwartung zu machen. Nachdem ich kurz bei der Post vorbeigeschaut und meine Bewerbungen losgeschickt hatte, blieben mir noch drei Stunden Zeit totzuschlagen. Ich war so erledigt, dass ich mich am liebsten auf mein Hotelzimmer zurückgezogen hätte. Die nette Empfangsdame hätte mir bestimmt ein Zimmer angeboten, damit ich in Ruhe Siesta halten konnte. Oder hätte sie das irgendwie als anstößig empfunden? Im Prinzip war sie ja eine komische Nudel. Ich schlug mir den Gedanken wohl besser aus dem Kopf. Vielleicht ins

Kino gehen? Gute Idee. Wann war ich das letzte Mal im Kino gewesen? Vor einem Jahr, vor zehn, vor Tausenden von Jahren? Im Pariser Quartier Latin gibt es noch viele kleine Kinos, die wie geschaffen dazu sind, sich für zwei Stunden aus der Welt auszuklinken, da hier Autorenfilme laufen, die kein großes Publikum anziehen. Als ich vor einem dieser kleinen Kinos stand, wurde ich auf die Retrospektive eines polnischen Regieduos aufmerksam, von dem ich noch nie gehört hatte. Ich besorgte mir eine Karte, der Film hieß *Der Fahrstuhl* oder *Die Treppe*, und ich war der einzige Zuschauer im Saal. Zu kaputt, um die Untertitel zu lesen, ließ ich mich von einer fremden Sprache berieseln. Irgendwann schloss ich die Augen. Der Film der beiden Polen eignete sich hervorragend zum Schlafen.

Als er zu Ende war, war ich trotzdem fix und fertig, wie nach einem zwölfstündigen Flug. Ich ging irgendwie schief und konnte den Boden unter meinen Füßen gar nicht spüren. Es dauerte ein paar Minuten, bis ich wieder Herr über meine Körperfunktionen war. Auf dem Weg zu meinem Rendezvous machte ich mir eines klar: Sylvie hatte doch ziemlich schnell ein Wiedersehen vorgeschlagen. Nach dem ersten Rendezvous lässt man sich eigentlich normalerweise ein bisschen Zeit, man zögert. Das war zumindest die Erfahrung, die ich in meiner Jugend gemacht hatte, oder vielleicht sollte ich besser sagen, das war zumindest meine Art. Ich wog erst tausendmal das Für und das Wider ab, bevor ich in Bezug auf eine Vertreterin des anderen Geschlechts irgendwelche Schritte einleitete. Aber womöglich war ja inzwischen alles anders geworden? Heutzutage ging doch alles viel schneller. Man lernte sich schneller kennen, verabredete sich schneller und trennte sich auch schneller. Ich hatte die unwahrscheinlich anmutende Nacht mit dieser Frau noch gar nicht verarbeitet, da würde ich ihr schon wieder gegenübertreten. Ich fürchtete, sie könnte der Wahrheit auf die Spur kommen: dass ich eigentlich ganz normal war. Denn sie hatte mich erlebt, als ich anscheinend vollkommen übergeschnappt war: Ich hatte herumgeschrien, mir das Handgelenk gebrochen und mich betrunken. Ein nicht gerade sehr repräsentatives Triptychon für mich. Wohl sogar ein eher trügerisches Triptychon. Ich schreie nämlich so gut wie nie herum, breche mir das Handgelenk nur alle zwanzig oder dreißig Jahre und muss gestehen, dass ich die längste Zeit meines Lebens vollkommen nüchtern gewesen war. Ich würde Sylvie also automatisch enttäuschen, und das ärgerte mich, weil ich ihr doch gefallen wollte. Ich wollte ihr gefallen, weil sie mir gefiel (die Wahrheit ist oft von überwältigender Einfachheit). Und seitdem sie mir von dieser *Surprise* geschrieben hatte, gefiel sie mir noch viel mehr. Diese *Surprise* machte mich wahnsinnig glücklich. So stand ihr in den Gedankenspielen, die mich auf meinem Weg zu ihr beschäftigten, die *Surprise* förmlich ins Gesicht geschrieben, aus dem S von Sylvie wurde das S von *Surprise*. Mir gefiel dieses Spiel, ihr so einen Begriff anzuhängen, den Namen durch etwas Eigenes und Persönlicheres zu ersetzen. Sylvie hieß jetzt Surprise.

Wir trafen uns in einem Café und machten da weiter, wo wir am Abend zuvor aufgehört hatten. Wir brauchten keine Auszeit, wir kamen nicht in Verlegenheit, es war alles so unfassbar leicht. Ich wollte ihr von dem polnischen Film erzählen, aber ich hatte ihn ja gar nicht gesehen. Also rühmte ich die Klasse des grafischen Designs des Abspanns. Sylvie musste lachen, woraus ich den Schluss zog, dass ich vielleicht doch ein wenig Humor hatte. Es gab für nüchterne und leicht desillusionierte Späße eine Nische, in der man sich einnisten konnte. Der von heiterem Lachen gesäumte Weg dahin zeichnete sich bereits ab. Im Gegensatz zu mir hatte Sylvie gut geschlafen. «Seitdem ich wieder bei meinen Eltern wohne, schlafe ich selig wie ein Kind», wagte sie zu sagen. Sie erzählte auch von dem Gespräch, das sie mit ihren Eltern gehabt hatte: Sylvie hatte mich in Schutz genommen. Und ihre Eltern hatten am Ende freundlich zugestimmt: «Das kommt schon mal vor, dass man ein bisschen aus dem Rahmen fällt.» Ich dagegen zog es vor, das Chaos, in das ich meine Eltern gestürzt hatte, unerwähnt zu lassen. Große Probleme nur am Rande zu erwähnen, eher schmerzlose Themen anzuschneiden. Außerdem wartete da ja auch noch Sylvies Überraschung auf mich. Die war, wie Sylvie mich informierte, nur einen Katzensprung von dem Café, in dem wir saßen, entfernt. Mehr war nicht aus ihr herauszukriegen, sosehr ich sie auch mit meinen Fragen bedrängte. Die Natur eines Bankangestellten kann wie die eines Descartes-Schülers keine Ungewissheit ertragen. Ich habe zwar behauptet, dass ich Überraschungen liebe, aber in Wirklichkeit machten sie mir Angst.

Wir betraten eine finster wirkende Eingangshalle, überquerten einen trostlos anmutenden Hof und fanden uns schließlich in einem großen Raum wieder. Wahrscheinlich handelte es sich um eine leer stehende Turnhalle, die von einer spärlichen Beleuchtung notdürftig am Leben erhalten wurde.* In dem Schummerlicht fiel mir das Häuflein Menschen, das im hinteren Teil des Raums im Kreis saß, erst gar nicht auf. Doch indem wir uns ihm annäherten, ging mir allmählich ein Lichtlein auf. Sylvie klärte mich auf:

«Hier treffen sich Leute … ein bisschen so wie die Anonymen Alkoholiker.»

«Aha …»

«Der einzige Unterschied ist, dass die Leute hier keine Alkoholiker sind …»

« … »

«Das sind Leute wie du und ich. Alle um die fünfzig, alle wohnen jetzt wieder bei ihren Eltern.»

« … »

Mir blieb keine Zeit, einen Kommentar abzugeben. Der Gruppenleiter wandte sich an uns:

«Wir dürfen heute zwei neue Clubmitglieder begrüßen: Bernard und Sylvie. Wir heißen sie herzlich willkommen …»

* Da hingen Glühbirnen, die den Gnadenstoß herbeisehnten.

«Bonjour …», sagte etwa ein Dutzend Gestalten im Chor.

«Bonjour …», stammelte ich, diese «Sekte» erschreckte mich.

«Bitte setzt euch», wies der Guru uns an.

Wir gehorchten am besten. Ich fand mich also inmitten von Männern und Frauen wieder, die dasselbe wie ich durchlebten. So unterschiedlich ihre Lebensläufe auch sein mochten, wer jetzt noch weiteren Schiffbruch erlitt, hatte immer noch die Gruppe, die ihm Halt gab. Im Grunde war es gar nicht so verwunderlich, dass es so etwas gab. Ich hatte schon in der Zeitung gelesen, dass das, was mir passierte, immer mehr Menschen passierte. Das größte Problem war anscheinend, bei den enorm hohen Mieten wieder eine Wohnung zu finden. Selbst im Untergang blieb mein Schicksal noch irgendwie gewöhnlich. Die Leute erzählten ihre Leidensgeschichten. Ich hörte zu und erkannte mich in den Darstellungen der anderen wieder. Schwer zu sagen, ob sie mir tröstlich oder schwülstig erschienen. Wahrscheinlich ein wenig von beidem. Der Gruppenleiter versuchte, mich zu animieren, das Wort zu ergreifen, doch das hätte meine Kräfte überstiegen. Er setzte ein mitleidiges Gesicht auf und tat so, als könne er mich gut verstehen: «Das ist nicht so leicht beim ersten Mal …» Aber das war nicht der Punkt. Ich hatte nur keine Lust, mit all diesen Leuten, denen es, wenn ich es recht bedachte, noch viel schlechter ging als mir, meine Erlebnisse zu teilen. Und ich muss zu meiner Schande gestehen, dass es mir guttat, Leute zu sehen, denen es noch viel schlechter ging als mir. Das Miteinander zu fördern ist zwar einerseits das Ziel solcher Gruppen, andererseits darf man sich auch bedenkenlos vor Augen halten, dass andere noch viel verzweifelter als man selbst sind. Während diese anderen ihr Leid klagten, warfen Sylvie und ich uns von Zeit zu Zeit einen Blick zu und unterdrückten dabei jedes Mal ein Lachen. Monstermäßig. Sich zusammen über die anderen lustig zu machen fördert das Miteinander vielleicht am meisten.

Besonders gefiel mir das, was dieser eine Mann zum Besten gab.

«Ich schäme mich so … aber ich muss zugeben: Ich hab alles unternommen, um irgendwann wieder bei Mama und Papa einziehen zu dürfen. Seitdem ich angefangen habe zu arbeiten … dieses ganze Erwachsenenleben … das war doch der blanke Horror … Ich glaub, ich hab irgendwie absichtlich alles in den Sand gesetzt, um wieder bei Mama und Papa einziehen zu dürfen.»

«Oh …», machten alle.

«Ja, ich weiß. So soll man nicht denken. Aber ihr müsst zugeben: Bei Mama und Papa ist's immer noch am schönsten …»

Der eine oder andere senkte den Kopf, offensichtlich traf das Gesagte auch auf ihn zu.

Als die Veranstaltung zu Ende war, standen wir noch eine ganze Weile draußen und ließen die Geschichten der

Leute an uns vorüberziehen. Mir kam das alles so unwirklich vor. Wie ein Abgleiten des Realismus ins Absurde. Sylvie erzählte mir, sie habe von dieser Selbsthilfegruppe über eine Freundin gehört, die selbst einmal dort gewesen sei. Aber nur einmal, sie habe sich das halt mal angeschaut. Sylvie hatte mir das zeigen wollen, um mich zum Lachen zu bringen. Aber ich bekam es eher mit der Angst zu tun. Mit der Angst, in diese Armee der Verdammten einberufen zu werden. Auch wenn die Teilnehmer der Runde supernett zu mir gewesen waren. Einige hatten mir freundlich auf die Schulter geklopft und mich in den Arm gekniffen. Doch dieses Gemeinschaftliche in der Ausweglosigkeit, das mir erst ein Lächeln abgerungen hatte, ließ mir jetzt das Blut in den Adern gefrieren. Sylvie lachte noch immer, aber ich konnte ihr nicht mehr folgen. Mir mangelte es eben an Erfahrung im Umgang mit Menschen, um zu begreifen, was sich hinter derlei Leichtigkeit verbarg. Und das in meinem Alter. Hinter so einer zur Schau getragenen, geradezu unflätigen Leichtigkeit. Sylvie lachte, doch es ging ihr ja nicht anders als mir. Ich wusste ihre Bemühungen, aus der misslichen Lage auszubrechen, sehr zu schätzen. Am Abend, wenn sie allein war und abgekämpft und ängstlich vor dem Spiegel stand, legte sie wahrscheinlich die Hand aufs Herz und diagnostizierte, dass die Wunde immer noch da war. Ihr Mann hatte sie verlassen, aber sie lächelte, um darüber hinwegzukommen. Sie tat genau das Richtige. Also stimmte ich wieder in ihr Lachen mit ein. Mein Lachen übertönte die Angst. Ich wusste nicht recht, was ich von alldem halten sollte. Meine Stimmungen schwankten ständig hin und her, als hätte ich einen manisch-depressiven Cocktail getrunken. Meine Gemütslagen waren eine einzige Achterbahnfahrt. Alles ging drunter und drüber. Hier das Glück, da die Angst vor dem Glück. Hier die Freiheit, da das Gefängnis. Hier die Selbstsicherheit, da die Unsicherheit. Hier die Vergangenheit, da die Zukunft. Aber alles war da, alles und das Gegenteil von allem.

Dann kam der Augenblick der Wahrheit, der sämtliche restlichen Zweifel beseitigte. Der Augenblick der körperlichen Wahrheit, die die einzige Wahrheit ist. Sylvie zog mich an sich heran, und wir küssten uns. In meiner Erinnerung besitzt dieser Moment, wenn ich heute an ihn zurückdenke, noch immer die atemberaubende Kraft von damals. Der Geschmack von Sylvies Lippen liegt mir auf der Zunge, und mir ist, als könnten manche Augenblicke eben aus der Zeit heraustreten und sich für immer in eine feste und verbindliche Größe verwandeln. Nach einer Weile drückte Sylvie ihren Mund an mein linkes Ohr und flüsterte zärtlich: «Wohnen Sie etwa noch bei Ihren Eltern?»

7

Als ich wieder bei ihnen einlief, war ich schon darauf gefasst, mein persönliches Bagdad zu erleben. Umso größer war meine Überraschung, eine Art Genf vorzufinden. Meine Eltern saßen hübsch artig im Wohnzimmer. Ihre Gesichter strahlten vor Einfalt, sie hielten Händchen und schwiegen. Ein auffälliges Detail unterstrich die historische Bedeutung des Moments: Der Fernseher war aus. Als ich gegangen war, hatten sie sich noch scheiden lassen wollen, und jetzt schienen sie glücklich wie am ersten Tag. War meine Mutter noch rechtzeitig von ihrem Verstand eingeholt worden? Erstarrt vor Verwunderung, brachte auch ich keinen Ton hervor. Ich erkannte die zwei überhaupt nicht wieder. Meine Mutter wirkte milde gestimmt, und mir fiel ein, dass ich sie eigentlich immer nur traurig erlebt hatte. Was meinen Vater anging: Auf einmal war er gar nicht mehr dieses aggressive Nervenbündel. Und die Hände der beiden. Ihre Hände friedlich vereint. Welch seltener Anblick. Wie oft hatte ich meine Eltern mit zwei parallelen Linien verglichen, die in einem vernünftigen Abstand nebeneinanderher lebten und sich nie oder erst in der Unendlichkeit berührten. Ich weiß nicht, wie ich darauf kam, aber plötzlich schoss mir dieser Gedanke durch den Kopf: «Sie werden mich rausschmeißen.» Hinter dieser Eintracht steckte die Überlegung, dass sie zusammen stärker waren im Kampf gegen mich. Aber das war doch lächerlich. Ich würde mich auf der Stelle widerstandslos ergeben. Wenn sie die Nase voll von mir hatten, würde ich eben unter irgendeiner Brücke schlafen, ich wollte ihnen keine Umstände machen. Um mich loszuwerden, brauchten sie nicht gleich Händchen zu halten. Aber das war wohl das, was in ihren Köpfen vorging. Meine Mutter hatte meinem Vater eröffnet, dass sie ihn verlassen werde, und mein Vater hatte wahrscheinlich gesagt: «Ist ganz normal, dass du nicht mehr kannst, bei all dem, was Bernard uns zumutet!» Er hatte sie getröstet, und sie hatte eingesehen, dass das eigentliche Problem ich war, ich und nichts anderes. Meine Mutter wollte keine Scheidung, wo kämen wir denn da hin, sie wollte sich nur ihren Sohn vom Hals schaffen. Das war auch der Grund, weshalb die beiden den Mund nicht aufmachten. Ich hatte verstanden. Es war gar nicht nötig, das alles in Worte zu fassen. Ich musste gehen.

Mein innerer Monolog und die Gedanken an die bevorstehende Nacht unter der Brücke wurden irgendwann von den Worten meiner Mutter unterbrochen:

«Dein Vater hat mir seine Liebe gestanden.»

« … »

«Ja … Als ich ihm gesagt hab, dass ich mich scheiden lassen will, hat er gesagt, das kommt nicht infrage. Er hat gesagt, dass er mich liebt und ich ihn nicht verlassen darf. Verstehst du, Bernard? Dein Vater hat zu mir gesagt, dass er mich liebt.»

«Ja, ich liebe dich …», warf mein Vater ein.

«Das hat er schon so lange nicht mehr gesagt …»

«Ja, ich sag halt nicht so viel … ich weiß auch nicht, warum das so ist …»

«Ist doch nicht so schlimm, mein Schatz …»

« … »

Daraufhin küssten sich meine Eltern auf den Mund. Ich machte die Augen zu, um sie dann allerdings gleich wieder aufzumachen. Ich wollte Gewissheit haben, dass ich nicht träumte. Mir fehlten die Worte, ich stand wie gelähmt da. Dann gab mir mein Vater ein Zeichen. Meine Eltern wollten mich dabeihaben, wenn sie die Liebe neu entdeckten. Ich näherte mich ihnen also vorsichtig an und kam in ihre Mitte. Wir *umarmten* uns alle drei. Tja, so war's. Meine Eltern und ich umarmten sich. Nach einer Weile fing mein Vater jedoch zu grummeln an: «Na, jetzt ist's aber gut …» Man musste das ja auch nicht übertreiben. Er spürte, dass ich den Tränen nahe war. So sehr hatte ich mich nach der Liebe meiner Eltern gesehnt. Wahrscheinlich hatte ich mein Leben lang auf diese paar Sekunden gewartet. Das mag nun dem einen oder anderen absurd erscheinen. Schließlich bin ich ein Mann in den besten Jahren, Familienvater und vielleicht sogar bald Großvater. Aber im Grunde bin ich doch immer das Kind geblieben, das sich nach der Liebe seiner Eltern sehnt. So war in dem Moment, in dem meine Eltern leise Anzeichen von Zuneigung erkennen ließen, auch der Groll, den ich sonst gegen sie hegte, wie weggeblasen.

Mir wurde in diesem Augenblick klar, dass man seine Gefühle gar nicht immer in Worte kleiden muss. Gefühle existieren auch ohne Worte, sie gehen verschlungene Wege und setzen sich in verborgenen Winkeln des Herzens fest, wo nichts nach außen dringt. Wenn Dinge nicht ausgesprochen werden, heißt das noch lange nicht, dass sie nicht existieren. Trotzdem gingen meine Eltern gleich am nächsten Tag wieder auf Distanz, möglicherweise war ihnen das, was passiert war, peinlich. Sie richteten sich aufs Neue in ihrem Dasein als parallele Linien ein. Aber es hatte diesen besonderen Moment gegeben, und das war die Hauptsache. Er bedeutete einen tiefen Einschnitt. Mein Tobsuchtsanfall war nicht ohne Folgen geblieben. Vielleicht hätte ich auch mit Nathalie mal ein bisschen herumschreien sollen? Ihr meine Liebe und mein Elend ins Gesicht schreien müssen. Wie anders wäre mein Leben verlaufen, hätte ich es verstanden, auf Kränkungen angemessen zu reagieren. Aber nein, ich war nun einmal so, wie ich war. Und so würde auch ich zu meinem wahren Wesen zurückkehren. Zum Herumschreien fühlte ich mich nicht berufen. Die Pantoffeln, die man ein Leben lang getragen hat, legt man nicht so einfach ab.

8

In den darauffolgenden Tagen erhielt ich zu meiner Überraschung Antworten auf meine Bewerbungen. Die Bescheide waren zwar größtenteils negativ, man zog in Standardbriefen den Hut vor meinen Qualifikationen und Vorkenntnissen, doch bedauerte, leider gebe es *derzeit keine freien Stellen*. Ich schätzte mich ja schon glücklich, wenn mein Lebenslauf nicht sofort in einem Stapel mit lästigem Papierkram unterging oder im Müll landete. Immerhin hatte ihn jemand gelesen. Wer, war eigentlich gar nicht so wichtig. Ein Personalchef, sein Stellvertreter, ein Angestellter oder ein Praktikant. Im besten Fall würde man mich zu einem ersten Bewerbungsgespräch einladen, auf das weitere folgen würden. Ich kam eben aus einer anderen Welt: aus den 80er-Jahren. Einer Zeit, in der es noch leichter gewesen war, Arbeit zu finden. Die Situation war vollkommen neu für mich, ich hatte nie suchen müssen, mich nie genötigt gesehen, meine Haut zu Markte zu tragen, mich nie in der Rolle des Bittstellers gesehen. Insofern wusste ich auch nicht, wie man sich in der Situation verhielt. Das klang doch paradox: Ich hatte immer Arbeit gehabt, und deswegen hatte ich keine Ahnung, wie man welche fand. Dennoch begriff ich recht schnell die geheimen Codes: «Wir melden uns bald bei Ihnen» bedeutete so viel wie «Sie werden nie wieder von uns hören». Fast immer, so stellte ich zu meinem Erstaunen fest, schrieben die Personalabteilungen genau das Gegenteil von dem, was sie mir mitteilen wollten. «Ihr Lebenslauf hört sich äußerst interessant an» umschrieb in höflicher Weise, dass er sich eigentlich äußerst uninteressant anhörte.

In diesem sinnlosen Treiben hielt ich doch einen Trumpf in der Hand. Ich war nicht so verzweifelt, dass ich alles darum gegeben hätte, Arbeit zu bekommen. Das war eine Einstellung, die den Personalchefs gefiel. Manchmal war ich gut beraten, geradezu unbekümmert aufzutreten. Ich ließ mir nicht anmerken, dass nun alles von diesem Bewerbungsgespräch abhing. Aber ich versuchte auch nicht, mich zu verstellen. Seltsam. Ich befand mich in einer ziemlich heiklen Lage, war bei dem einen oder anderen Vorstellungstermin aber überhaupt nicht im Stress. Hatte ich vielleicht den Verstand verloren? Nein. Mein Verstand war vollkommen klar. Unglaublich. Ich wusste, dass das alles nur Theater war, aber ich gab den hochmotivierten Herrn, der mit fünfzig auszog, einen Job zu finden. Man hatte mich gnadenlos vor die Tür gesetzt, und es gab an sich keinen Grund, mich wieder hereinzulassen. Und da war auch noch folgendes Problem: Es hieß, ich hätte schon zu viel Berufserfahrung gesammelt. Was für eine grandiose Aussage. *Zu viel Berufserfahrung*, hatte man denn so was schon mal gehört? Wenn es gewünscht war, konnte ich die Berufserfahrung im Lebenslauf auch weglassen, dachte ich mir. Das Verlernen ging anscheinend schneller als das Lernen. Das Ganze kam mir vor wie ein immer enger werdender Trichter. Die Leute erfanden die verrücktesten Gründe für Absagen. Oder vielleicht waren sie auch nur diskret. Mit «Sie haben zu viel Berufserfahrung» war «Sie sind schon zu alt» gemeint. Und wer «alt» war, war so gut wie «tot».

Die allgemeine Lage tat natürlich das ihrige dazu. Die Finanzkrise weitete sich immer weiter aus. Ganze Länder standen vor dem Bankrott. Eine Art Weltkrieg auf Wirtschaftsebene. Das Geld nahm flugs die Beine unter den Arm. Es flüchtete sich in Paradiese, wo es sich in Ruhe aushalten ließ. In der Öffentlichkeit war immer öfter war von dem Misstrauen die Rede, das man den Banken nun entgegenbrachte, das ganze System könne jeden Augenblick in die Luft fliegen. Und was geschah jetzt mit den ganzen Ersparnissen? Wohin damit? Unter die Matratze? Und was wurde überhaupt aus meinem Beruf? Dann kam mir im Werbefernsehen auch noch dieser Slogan unter: «Die Bank bin ich.» Die Bank, die sich einen solchen Spot leistete, beauftragte natürlich eine andere Firma mit der Herstellung des Spots, aber irgendwie ging dieser Spruch nicht spurlos an mir vorüber. Ich nahm ihn persönlich. Ich war vollkommen nutzlos. Meinen Eltern und vor allem meiner Tochter, die mir geholfen hatte, meinen Lebenslauf zu schreiben (nur dank dieser Unterstützung war ich in den Genuss von ein paar Vorstellungsgesprächen gekommen, das lag auf der Hand), machte ich weis, dass ich mich voller Hoffnung auf Arbeitssuche machte. Ich würde heiße Fährten verfolgen, es gebe positive Signale. So drückte ich mich aus. Dabei hatte ich mich noch nie in einer solchen Sackgasse befunden, doch ich lächelte die ganze Zeit, denn ich wollte beruhigend auf meine Mitmenschen einwirken. In beruflicher Hinsicht verkörperte ich die Verzweiflung und die Höflichkeit in einer Person, aber lustig war das nicht.

Ich verlor aber auch kein Wort über mein privates Glück. Wobei, mit Glück nimmt man den Mund ja recht voll. Mir fehlt ein Begriff, der diesen Zustand bezeichnet, in dem es einem einfach gut geht. Und wenn ich mit Sylvie zusammen war, ging es mir einfach gut. Wir waren oft zusammen. Wir machten Spaziergänge, besuchten Ausstellungen oder gingen ins Kino. Wir hielten Händchen und küssten uns. Es war wie die erste große Liebe oder vielleicht eher: die erste große Teenagerliebe. Denn wir hatten keinen Sex. Es mag einem komisch vorkommen, aber ich fand das super. Die Abstinenz verlieh unserer Begegnung einen feierlichen Ernst. Das heißt, das war zumindest meine Sicht der Dinge. Aber vielleicht machte ich mir da auch etwas vor. Vielleicht spürte ich ein immer größer werdendes Verlangen nach ihr und respektierte lediglich ihren Widerwillen. Ich fügte mich ihm, machte ihn mir zu eigen, bis ich die eigenen Gelüste, die irgendwo in mir schlummerten, ganz vergaß. Ich war ja schon froh, überhaupt ein Verlangen in mir zu spüren, sodass es fast nicht mehr nötig war, es zu stillen. Sylvie brauchte nur da zu sein, das war schon genug, um mich glücklich zu machen. Wenn ich zunehmend Gefühle für sie entwickelte, so lag das wohl auch daran, dass meine Gefühle für Nathalie immer mehr abnahmen. Meine Herzfunktionen beruhten auf einem letztlich ziemlich vernünftigen System von kommunizierenden Gefäßen. Meine Liebe war so, wie die Liebe eines Bankangestellten sein musste. Je besser es mit Sylvie lief, desto klarer wurde mir, dass Nathalie und ich uns im Grunde schon seit Jahren nichts mehr zu sagen gehabt hatten. Ich fieberte nun aufgeregt einer Verabredung zum Spaziergehen entgegen, und es bedurfte wenig, die Leichtigkeit eines erfüllten Tages zu erleben. Früher hatte ich jeden Schritt genau geplant und am Ende doch nur das Echo einer müden Leidenschaft vernommen.

Sylvie stellte mich einigen ihrer Freunde vor. Sie war extrem beliebt. Die Leute mochten sie gern. Und das schien mir nur allzu verständlich. Sie konnte so aufmerksam zuhören. Ihre Art, mir in die Augen zu schauen, wenn ich redete, hatte etwas Frappierendes. Sie dachte nie schlecht über irgendjemanden und bemühte sich immer, die richtigen Worte zu finden. Was wir gerade beide in ähnlicher Weise durchmachten, stärkte natürlich auch unsere Verbindung. Ich erzählte ihr von den letzten Monaten mit meiner Frau, wie ich die Augen verschlossen hatte vor dem, was doch mit Händen zu greifen gewesen war. Sie erzählte mir von ihrem Mann, doch weniger aus einem inneren Drang heraus, wie mir schien, sondern mehr, um mir im Gegenzug ebenfalls vertrauliche Mitteilungen zu machen. Schweigen heilt Wunden, das war wohl ihre

Devise. Wenn sie dann doch von ihm sprach, dann immer mit einer gehörigen Portion Wut im Bauch. Sie fertigte ihn eiskalt ab, wenn er manchmal anrief und sie sehen oder sich nur nach ihr erkundigen wollte. Sylvie machte Tabula rasa mit der Vergangenheit.

Ansonsten war sie immer gut gelaunt. Und bei dem Gedanken, den Familienbetrieb zu übernehmen, geriet sie richtig in Aufregung. Es blieb ihr zwar nicht viel anderes übrig, aber ich wunderte mich trotzdem irgendwie, dass sie sich dem Druck ihrer Eltern beugte. Sylvie meinte, sie sehe keine andere Möglichkeit. Sie hatte nun mal keine Arbeit, und dass sie in ihrer Branche wieder etwas finden würde, war ziemlich unwahrscheinlich. Ihr ging auch allmählich das Geld aus. Und ihre Eltern wollten das Geschäft auf keinen Fall aufgeben. Schließlich, und in dem Punkt konnte ich sie gut verstehen, hielt sie es bei ihren Eltern kaum noch aus. Ihr Vater hatte ihr den Vorschlag gemacht: «Wenn du den Laden übernimmst, kannst du im ersten Stock ja ein bisschen umbauen und eine Wohnung daraus machen …» Als sie den Raum dann unter diesem Gesichtspunkt betrachtete, dachte sie sich, ja, das könnte man tatsächlich in ein hübsches Loft verwandeln. Ohne dass das mit gewaltigen Investitionen verbunden wäre. So lenkten die Geschicke sie immer mehr auf einen Weg, den sie eigentlich nie hatte einschlagen wollen. Als sie noch in der Schallplattenfirma gearbeitet hatte, war ihr der Gedanke reichlich absurd vorgekommen. Sie hatte sich mit ihren Kolleginnen über ihn und über die Beharrlichkeit ihrer Eltern lustig gemacht:

«Könnt ihr euch das vorstellen? Ich und Nägel verkaufen!?» Und alle kringelten sich vor Lachen. Aber irgendwie war Sylvie doch nicht ganz wohl dabei. Sie dachte an ihre Eltern, die es ihr übel genommen hätten, wenn sie gehört hätten, wie ihre Tochter über ihren sehnlichsten Wunsch spottete. Denn es war ihr Traum, dass Sylvie einmal in ihre Fußstapfen treten würde. Zu einem erfüllten Leben gehörte es, dass der Familienbetrieb weitergegeben wurde. Wie oft hatte Sylvie ihre Eltern angeschrien: «Ich pfeif auf eure Nägel! Hört endlich auf damit! Ich will nichts mehr davon hören!» Auch wenn sie spürte, wie weh sie ihnen damit tat. Doch nun, nach einigen unerwarteten Wendungen, zu denen eine Entlassung und eine Scheidung zählten, setzte Sylvie sich nieder und sprach zu ihren Eltern:

«Papa, Mama … ich habe beschlossen, das Geschäft zu übernehmen.»

« … »

« … »

«Na? Alles in Ordnung mit euch?», fragte sie besorgt, als sie in die kreidebleichen Gesichter ihrer Eltern sah.

Nein, gar nichts war in Ordnung. Ihr Vater wurde fast ohnmächtig. «Hoch die Arme! Hoch die Arme! Und durch die Nase atmen! Tief durchatmen, tief durchatmen … Noch tiefer!», feuerte seine Frau ihn an.

Nach einer Weile kam der Vater wieder halbwegs zu sich und schaute sichtlich bewegt seine Frau an. Auch ein

Anflug von Verwunderung lag in seinem Blick. Sie hatten die Hoffnung doch schon lange aufgegeben. Nach ein paar Gläsern Wasser nahm Sylvie den Gesprächsfaden wieder auf und erläuterte ihrem Vater ihre Pläne:

«Ich hätte da allerdings … ein paar Bedingungen …»

«Ich bin ganz Ohr …»

«Ich fühl mich nicht recht wohl bei dem Gedanken, Eisenwarenhändlerin zu werden.»

«Etwas anderes kommt nicht infrage. Das ist eine Eisenwarenhandlung, und das bleibt eine Eisenwarenhandlung.»

«Ja, Papa, ich weiß. Es soll ja auch eine Eisenwarenhandlung bleiben. Aber man kann sich doch auch mal weiterentwickeln … oder? Schau dir doch mal an, wie die das bei Fnac machen. Früher haben sie bloß Schallplatten und Bücher verkauft, und jetzt gibt's auch Staubsauger …»

«Na und? Was willst du damit sagen? Du willst mir doch nicht etwa erzählen, dass du in meiner Eisenwarenhandlung Schallplatten verkaufen willst!?»

«Nein … keine Schallplatten.»

«Was dann?»

«Das muss schon dazu passen. Ich will nur ein bisschen modernisieren. Das Ganze ein wenig … unbekümmerter gestalten.»

«Na gut, kannst du das genauer erklären?»

«Ich dachte mir … so aus rein geschäftlichem Antrieb … um den Umsatz zu steigern … also ich dachte mir …»

«Was hast du dir denn gedacht? Spuck's endlich aus!»

«Ich dachte mir, man könnte doch so eine Ecke einrichten, wo man Sex-Toys verkauft …»

«Was für Toys?»

«Na … Sex-Toys.»

«Du spinnst wohl! Sex-Toys in der Eisenwarenhandlung!»

«Beruhige dich doch, Papa. Du kannst ja mal darüber nachdenken. Aber ich sage dir, den Sex-Toys gehört die Zukunft. Das ist ein Geschäft, das noch nie so gut gegangen ist. Das ist total in Mode. Und jederzeit ausbaufähig. Wir könnten mit den ganzen Nägeln so eine richtige Sadomaso-Ecke machen. Das würde doch alles gut zusammenpassen.»

« … »

Der Vater drohte erneut umzukippen. Seine Frau redete abermals auf ihn ein: «Hoch die Arme! Hoch die Arme! Und durch die Nase atmen! Tief durchatmen, tief durchatmen … Noch tiefer!» Und es dauerte erneut ein paar Minuten, bis er wieder bei vollem Bewusstsein war. Die Szene war hochdramatisch. Die Frau versuchte, ihn zu beruhigen, und zu Sylvies großem Erstaunen unterstützte sie grundsätzlich ihre Anregungen: «Das ist ja eine super Idee, diese Sadomaso-Geschichte!», meinte sie. Angesichts eines derartigen Enthusiasmus räumte der Vater nach und nach ein, dass der Gedanke vielleicht gar nicht so schlecht war. Man musste mit der Zeit gehen. Die jungen Leute heutzutage hatten nicht nur Nägel in der

Zunge, sondern auch noch an ganz anderen Stellen, wie es schien. Man könnte sie in die Eisenwarenhandlung locken, das wär doch was. Sylvie stellte ihren «Businessplan» vor. Sie hatte alles minutiös vorbereitet. Ihr Vorhaben war vollkommen ausgereift. Dass so eine kleine Erotikabteilung deutlich höhere Erträge abwerfen würde, lag auf der Hand. Um ihren Vater endgültig zu überzeugen, packte sie ihn bei den Gefühlen: «Ich bin mir sicher, in sechs Monaten könnt ihr euch dann euer Häuschen in Biarritz kaufen …» Er träumte davon, seine letzten Lebensjahre in Biarritz zu verbringen. Einen Augenblick lang hing er diesem Traum nach, bevor er langsam vom Rauschen der Wellen davongetragen wurde. Als sei man schon fast da.

9

Als Sylvie ihr Erbe antrat, hatte sie die neue Aufgabe ursprünglich nicht als kreative Tätigkeit angesehen. Aber was war das für eine fabelhafte Eingebung, die sie da gehabt hatte. Was sie hier bewegte, war künstlerisch hundertmal so wertvoll wie das, was sie in der Schallplattenfirma gemacht hatte. In Wahrheit war ihr dieser rettende Einfall beim Fernsehen gekommen, sie hatte eine Sendung gesehen, in der die Wohnung eines Kandidaten umgekrempelt wurde. Auf einmal hatte sie den Gedanken gehabt, dass nichts unumstößlich war. Man konnte ja jederzeit alles auf den Kopf stellen. Wir trafen uns jetzt immer abends, und dann zeigte sie mir das Heft, in dem sie ihre Ideen aufschrieb. Sie fragte mich, was ich von ihren Plänen hielte. Ihr schwebte vor, dem Ganzen eine spielerische Note zu verleihen. Sie wollte zum Beispiel Bastelworkshops für Kinder veranstalten, neben der Erotikabteilung, die sie sich als separaten Bereich vorstellte. Sie wagte einen enormen Spagat und stellte jede Menge auf die Beine. Irgendwann schlug sie mir vor, sie auf ihrem Abenteuer zu begleiten: «Bernard, ich brauche dich. Du musst dich um die ganze Buchhaltung kümmern, das Rechnungswesen ...» Zugegeben, mir ging es weniger um den Laden, sondern einfach darum, wieder zu arbeiten. Aber auch darum, mit Sylvie zusammenzuarbeiten. Seitdem ich sie kennengelernt hatte, hatte sich mein Leben gewaltig verändert, es hatte ständig neue überraschende Wendungen genommen. Sie drängte mich zu einer Entscheidung, sie drängte mich dazu, Ja zu sagen. Schließlich gestand ich ihr, dass ich seit jeher eine geheime Leidenschaft für Eisenwarenläden hegte. «Es war immer mein Wunsch, irgendwann mal mit Nägeln zu arbeiten ...» Wir begossen unseren Zusammenschluss mit Champagner, mit reichlich Champagner, mit Champagner in Hülle und Fülle.

In jener Nacht schliefen wir auch zum ersten Mal miteinander. Wir zogen die Sache in die Länge, als wären wir von der paradoxalen Lust getrieben, die lange Wartezeit noch in den Akt selbst hinüberzuretten. Es war ein süßes Liebesspiel, es gab unerwartete Spannungsmomente und fast einen Hauch von Raserei. Ich hatte das Gefühl der Selbstauflösung. Als wir am nächsten Tag erwachten, lagen wir eine ganze Weile eng umschlungen und schweigend da. Komischerweise hatte ich ausgerechnet an diesem Morgen, an dem ich zum ersten Mal neben Sylvie aufwachte, ein Treffen mit Nathalie vereinbart. Wir hatten uns schon einige Wochen lang nicht mehr gesehen, und es fiel mir nicht leicht zu beurteilen, ob ich sie nun vermisst hatte oder ob ich mich bloß gewundert hatte, dass ich ohne sie überleben konnte. Möglicherweise war an beidem etwas dran. Als sie das Restaurant betrat, in dem wir uns verabredet hatten, musste ich mir jedenfalls eingestehen, dass ich unmöglich von mir behaupten konnte: «Ich liebe sie nicht mehr.» Schwer zu sagen, wie groß meine Liebe genau war. Vielleicht so groß wie ein unentschlossenes Wölkchen, das noch immer in meinem Kopf herumschwirrte.

Sie setzte sich mir gegenüber, es gab kein Küsschen für mich auf die Wange, dafür ein strahlendes Lächeln. Sie sah wirklich blendend aus, was ich als Beleidigung empfand. Ich war ein Automat, der Frauen an ihrer Selbstentfaltung hinderte, dachte ich in einem Anflug von Selbstgeißelung, und vergaß dabei fast unsere tollen Anfangsjahre. Zwischen den Zeilen stand ihr das Glück, das sie so schön machte, regelrecht ins Gesicht geschrieben. In dem Moment, in dem ich sie darauf ansprechen wollte, meinte sie:

«Bernard, alles in Ordnung mit dir? Du siehst aus wie der lebendige Tod.»

«Vielen Dank.»

«Ich mein's ernst.»

«Aber mir geht's gut. Ich hab bloß gestern ein bisschen getrunken, sonst nichts.»

«Du trinkst?»

«Ja. Das heißt, eigentlich nicht. Das war nur gestern. Ich hatte was zu feiern.»

«Das mit den Eisenwaren? Stimmt's?»

«Ich seh schon, das macht schnell die Runde, wenn's was Neues gibt. Weißt du's von Alice?»

«Ja. Zum Glück hält sie mich ein bisschen auf dem Laufenden, von dir … lässt sich das ja nicht gerade … na ja … ich find's traurig, dass wir überhaupt nicht mehr miteinander reden.»

«Ich find's auch traurig», sagte ich ohne allzu große Überzeugung.

Fand ich es nun traurig? Wollte ich ihr noch erzählen, was mich umtrieb? Es war aus und vorbei mit uns. Und es war ihre Entscheidung gewesen. Jetzt wog ich meine Worte immer genau ab, bevor ich etwas sagte, es gab überhaupt keine natürlichen Gesten mehr zwischen uns. Ich fragte mich, wie man nach dreißig Jahren Ehe diesen abrupten Übergang schaffte und plötzlich so befangen sein konnte. Vielleicht waren wir einfach nicht mehr dieselben.

«Bernard, du bist immer noch ganz der Alte.»

« … »

«Eisenwaren … das kann doch wirklich nur dir passieren!», rief sie lachend aus.

«Na ja … wenn du meinst.»

«Du fehlst mir so», stieß sie plötzlich hervor.

Ich wusste erst mal nicht, was ich nun darauf sagen sollte. Wie war diese Äußerung zu verstehen? Ungeachtet ihres blendenden Aussehens gaben ihre Worte mir Rätsel auf. Wollte sie, dass wir wieder zusammenziehen? Nein, natürlich nicht. Sie sehnte sich nach mir, so wie man sich nach einem Freund sehnt. So wie man sich nach Vergangenem sehnt. Das war keine verliebte Sehnsucht. Sie hatte mich irgendwie in zärtlicher Erinnerung behalten, aber ich spürte, wie weit sie sich innerlich schon von mir entfernt hatte. Meilenweit. Weitere Erläuterungen unnötig. Mir kamen so meine Zweifel, ob das stimmte, was sie mir beim letzten Mal gesagt hatte. Dass sie einfach nur Sex gebraucht hatte. Sie hatte schon auch das Bedürfnis nach einem anderen Mann gehabt. Und man merkte ihr an, dass sie nun vor einiger Zeit einen gefunden hatte. Seltsam, wie einem im Nachhinein immer alles einleuchtet. Wie dämlich von mir zu glauben, nur die Routine hätte unsere Beziehung eingeschläfert. Sie hatte sich meilenweit von mir entfernt. Auch wenn sie lächelte und sanft mit mir redete. Sie hatte mich sehen und sich nach mir erkundigen wollen, weil sie darauf hoffte, dass ich sie von ihren Schuldgefühlen befreite. Schließlich war mein Leben seit unserer Trennung eine einzige Katastrophe gewesen. Sie hatte gelächelt, wie sie sich mich, ihren Bernard, in einer Eisenwarenhandlung vorgestellt hatte, Bernard in einer Eisenwarenhandlung, ah, dieser verfluchte Bernard, was für ein Typ, ah, aber im Grunde war ihr doch nicht so ganz wohl dabei. Aber sie wusste nicht alles. Sie kannte nicht die ganze Wahrheit. Ich hatte jedoch keine Lust, ihr zu erzählen, wie es mir ging. Das Ziel, das sie verfolgte, war es, das Ende offiziell zu besiegeln. Konkret lag allerdings noch nichts vor. Kein Scheidungsantrag, keine Papiere. Nichts. Nur ihr Lächeln. Ihr Lächeln und ihre Schuhe. Und ihr Haar. Und ihr Parfum. Und die Tatsache, dass sie jetzt schwieg.

Warum empfand ich angesichts der diskreten Zurschaustellung ihres Glücks ein solches Unbehagen? Sie schilderte mir keinerlei Details. Ich hatte keine Ahnung, ob sie mit ihrem Kerl übers Wochenende nach Berlin, Madrid oder Venedig fuhr. Ich hatte keine Ahnung, was wirklich in ihr vorging. Sie hatte geschrien, sie brauche Sex, und das hatte ich natürlich gut verstehen können, aber ich glaube eigentlich, sie hatte mal wieder eine echte Leidenschaft erleben wollen. In den vergangenen Jahren hatte ihr die Angst die Kehle zugeschnürt, sie konnte einfach nicht mehr. Das wurde mir jetzt klar. Man sah es ganz deutlich an ihrem Gesicht. Sie hatte sich diese neue Liebe so sehr gewünscht. Indem die Jahre ins Land gezogen waren, hatten sich ihre Chancen darauf verringert. Sie hatte Angst, ihr Herz könne aufhören zu schlagen. Angst, nicht mehr begehrenswert zu sein. Frauen in meinem Alter erfahren ja eine Beschleunigung der Zeit, die Männer sind da nicht vom gleichen Drang beseelt. Sie denken immer, wohl zu Unrecht, es bliebe ihnen noch ein wenig Zeit, bevor sie auf die Freuden des Lebens verzichten müssten.

Nathalie schenkte mir so viel Hingabe, aber ich fragte mich, ob ich dieses Geschenk annehmen konnte. Zwar war ich mir meiner Gefühle Sylvie gegenüber immer sicherer, deswegen konnte ich die Dinge aber noch lange nicht so sehen, dass mit Nathalie alles vorbei war. Mein Herz befand sich anscheinend in jener Übergangsphase, in der totale Verwirrung herrscht. Vor lauter Unsicherheit bekommt man weiche Knie, aber eines schönen Tages klärt sich alles auf. Möglicherweise würde ja dieser Augenblick bei der Aufklärung helfen? Das Selbstvertrauen, das Nathalie ausstrahlte, nahm mich bei der Hand. Ich ließ mich von ihr führen, und wir gingen aus uns heraus. Sie bemühte sich, etwas für die Entspannung der Atmosphäre zu tun, supernett wie immer, und ich lächelte. Ich konnte mich endlich für sie freuen. Ehrlich. Ich wollte ihr sagen, dass sie nichts dafür konnte, dass sie es wert war, geliebt zu werden und dass ich dazu nicht imstande gewesen war. Aber ich brachte nichts heraus. Bis zu dem Moment, wo ich sagte: «Ich habe auch jemanden kennengelernt.»

10

Alice legte Wert darauf, zum Auftakt meine erste Kundin in der Eisenwarenhandlung sein zu dürfen. Ich erhob mich von meinem Schreibtisch im hinteren Teil des Geschäfts und führte sie durch die Regale. Sie brauchte diverse Sachen für ihre neue Wohnung (das war sicher nur ein Vorwand). Auf ihrem unaufhaltsamen Weg zum Erwachsensein wollte sie nun mit ihrem Freund zusammenziehen. Dafür wohnte ja ich immer noch bei den Eltern, auch wenn ich jetzt mitunter bei Sylvie übernachtete. In der Ladenwohnung im ersten Stock. Es war einfach klasse, wie Sylvie diesen armseligen Verhau in ein kuscheliges Nest verwandelt hatte. Die einzige Klippe, die es zu umschiffen galt, wenn ich dort schlief, waren die brennenden Fragen meiner Mutter: «Wo warst du vergangene Nacht?» Es kam überhaupt nicht infrage, ihr irgendwie Auskunft zu geben. Die Phase, in der ich irgendjemandem Rechenschaft schuldig war, hatte ich längst hinter mir. Ich wollte meine Freiheit zurück.

Allmählich verbrachte ich immer weniger Zeit bei meinen Eltern. Die Arbeit war anfangs sehr anstrengend. Ich hatte mich noch nie für irgendetwas so ins Zeug gelegt. Jeden Abend zählten wir wie zwei Krämerseelen das Geld in der Kasse. Recht bald stand fest, dass wir noch einen Verkäufer oder eine Verkäuferin einstellen mussten. Sylvies Vater fiel fast (wieder) in Ohnmacht, als er sah, was für Gewinne wir erwirtschafteten. Um ihn nicht so in Aufregung zu versetzen, gingen wir ziemlich rasch dazu über, ihm geringere Erträge vorzugaukeln. Die Sex-Toys zeigten Wirkung und lockten eine jüngere Kundschaft an. Das Ganze entpuppte sich als zündende Idee. Hin und wieder riskierte ich einen Blick, wenn ein Pärchen, das ein wenig frivol aussah, das Geschäft betrat, ich hatte ja mein Lebtag nicht mit erotischen Innovationen geglänzt. Es kam schon vor, dass Sylvie und ich den einen oder anderen Artikel ausprobierten, aber eher aus beruflichem Ansporn. Denn um die Dinger zu verkaufen, musste man sie auch kennen.

Die Zeit verging, und die Euphorie des Anfangs legte sich. Die Gewinne stiegen weiter, doch ich hatte das eigenartige Gefühl, dass Sylvie der Sache überdrüssig wurde. Waren das die Spätfolgen davon, dass sie so viel Energie in den Laden investiert hatte? Ich wusste nicht recht, wie ich mich verhalten sollte. Sie meinte, mit ihr wäre alles in Ordnung, aber ich spürte, dass sie entweder bedrückt oder erschöpft war. Manchmal hatte ich den Eindruck, dass sie es bereute, sich in dieses Abenteuer gestürzt zu haben, dass ihr ihre Illusionen abhanden gekommen waren und sich diese völlig absurde Situation eingestellt hatte: Wir betrieben jetzt eine Eisenwarenhandlung. Ich verwies darauf, dass das ja nicht für immer sein müsse, sie könne das Geschäft irgendwann auch wieder verkaufen. «Wann ist irgendwann?», sagte sie. «Wenn meine Eltern tot sind …» – «Sag so was nicht», entgegnete ich. Und um ihr ein Lächeln abzunötigen, fügte ich hinzu: «Deine Eltern sterben nicht so schnell, das ist nicht ihre Art …» Das war das Einzige, was mir eingefallen war, sicherlich keine besonders geistreiche Bemerkung, aber immerhin machte sie sich insofern verdient, als sie Sylvie tatsächlich ein leichtes Grinsen abrang.

«Ich glaube, du brauchst mal 'ne Pause. Ich schlage vor, wir machen den Laden ein paar Tage zu und fahren weg übers Wochenende.»

« … »

«Du wolltest doch immer mal nach Berlin, oder? Oder wir fliegen nach Spanien. Wir könnten mal ein bisschen Sonne vertragen.»

«Du hast ja recht, Bernard. Also gut.»

«Ich kümmere mich um die Tickets … Sangria, olé!», rief ich in meinem grenzenlosen Bestreben, gute Laune zu verbreiten.

Sylvie strich mir mit der Hand über die Wange und lächelte bis über beide Ohren. «Du bist süß», seufzte sie.

In der folgenden Nacht weckte sie mich plötzlich auf. Es ging alles sehr schnell. Seit ein paar Tagen schlief ich nicht besonders tief. Es kam mir so vor, als läge ich irgendwie auf mir selber.

«Was ist?»

« … »

«Hm? Was hast du denn? Sag schon …»

«Bernard …»

«Ja?»

«Ich muss mit dir reden …»

Es gibt keinen besorgniserregenderen Satz als «Ich muss mit dir reden». Und meine Besorgnis wurde durch die Umstände noch gesteigert. Wenn sie mich deswegen mitten in der Nacht weckte, war nun nicht gerade eine freudige Enthüllung zu erwarten. Am liebsten hätte ich mich wieder umgedreht, wäre wieder in die Träume versunken, die ich überhaupt nicht hatte. Dann wenigstens dahin, wo ich vor Sylvies Worten sicher war.

«Ich hab mich wieder mit ihm getroffen …», begann sie.

«Mit deinem Mann?»

«Ja, mit meinem Mann.»

«Wann?»

«Vor ein paar Tagen. Er sagt, dass ihm alles furchtbar leidtut, er habe den Fehler seines Lebens begangen …»

« … »

«Er will alles tun, damit wir wieder zusammenkommen …»

Allmählich kapierte ich, in welcher Bedrängnis Sylvie war. In dem Moment, in dem sie die Sache mit mir angefangen hatte, war ihr Mann unterwürfig wieder angekrochen gekommen und hatte alle *Schuld* auf sich genommen. Sie wollte mir nichts davon erzählen. Doch langsam setzte sich das Puzzle, von dem ich bald kein Teil mehr sein sollte, zusammen.

Ihr Mann war nach einigen Monaten der vornehmlich erotischen Idylle, die für ihn mit erheblichen finanziellen Aufwendungen verbunden waren, um die Stimmung seiner neuen Geliebten aufzuhellen, von der phänomenalen Blauäugigkeit ebenjener Geliebten so geschafft, dass er zu der Erkenntnis gelangte, dass er sein Leben in eine Sackgasse gelenkt hatte. Alles, was er an Sylvie gehabt hatte, erschien ihm plötzlich wieder ganz wunderbar, er hatte das nicht mehr so vor Augen gehabt, wie groß und schön es eigentlich gewesen war. Wie hatte er nur so dumm sein und die Frau seines Lebens so verletzen können? Er vermisse sie so, eröffnete er ihr. Als er sie verlassen habe, sei er sich erst dessen bewusst geworden, dass er ohne sie nicht sein könne. Und so sprach aufrichtige Reue aus jedem seiner Worte, als er inbrünstig bebend vor ihr stand, und nach und nach wurde Sylvie klar, dass es der schreckliche Kummer war, den sie verspürte, der ihr ihren Hass auf ihn eingab. Nachdem sie sauber abgerechnet, das eine oder andere Hühnchen gerupft, ein paar Sachen kaputt geschlagen und sich ausgeheult hatten, fielen sie plötzlich übereinander her und hatten wahnsinnigen Sex miteinander. Ein einzigartiges Glück, das wiederzuentdecken, was man schon in- und auswendig zu kennen glaubt. Es war nicht die zweite Chance, es war eine wahre Wiedergeburt.

Ich spürte natürlich, dass sie bei alldem auch an mich dachte. Ich konnte ihr die Zwickmühle, in der sie saß, an ihrem Gesicht ablesen. Sie wusste nicht recht, was jetzt aus uns werden sollte. Aber sie brauchte es mir gar nicht zu erklären. Ihr Gesicht sagte mir, dass ihr meine Gesellschaft ganz angenehm war, aber dass sie mir gegenüber keine tiefer gehenden Gefühle hegte. Sie mochte mich bestimmt und konnte mich auch so nehmen, wie ich war: süß und ein bisschen verrückt. Das waren die zwei Begriffe, mit denen sie mich charakterisierte, und ich liebte sie für ihre treffende Ausdrucksweise. Aber ich liebte sie auch so. Es war alles so ungerecht. Sollte ich jetzt um sie kämpfen? Es kam mir absolut lächerlich vor, nun irgendwelche Schritte in die Wege leiten zu wollen. Ich erfuhr von der Schlacht ja erst, als sie schon geschlagen war. Sylvie hatte allein mit sich selbst gerungen, sie hatte gar nicht im Sinn, mit mir zu diskutieren, sie wollte mich nur informieren. Sie stellte mich vor vollendete Tatsachen, da konnte ich gleich die Waffen strecken, es bestand keinerlei Hoffnung mehr. In mir rang lediglich die Wut mit der Verzweiflung. Beide vermengten sich zu einem großen Knäuel, das sich schließlich zu einem einzigen vorherrschenden Gefühl formte, das alle anderen in den Hintergrund drängte: zum Gefühl einer tiefen Trauer. Ja, die Trauer, die in mir aufstieg, war so unermesslich, dass ich kaum noch sprechen konnte. Immerhin sagte ich schlicht:

«Und was ist mit mir?»

«…»

«Und was wird jetzt aus mir?»

«Es ist grausam, wenn man das so sagt … aber ich glaube, wenn ich dich nicht gehabt hätte, könnte ich jetzt nicht zu ihm zurück. So denke ich mir … dass ich in der Zwischenzeit ja auch was erlebt habe. Und damit treffen wir uns wieder auf derselben Stufe.»

«Ist dir klar, was du da sagst? Um zu verhindern, dass du zu ihm zurückgehst, hätte ich dir einen Korb geben müssen …»

«Ja, vielleicht …»

«Das ist ja vollkommen bescheuert.»

«Ja, es ist total bescheuert. Aber es war von Anfang an bescheuert. Ich bitte dich, sei mir nicht böse, Bernard. Versuch, mich zu verstehen …»

« … »

Sie griff nach meiner Hand, aber ich zog die meine instinktiv zurück. Es gab keinen Gedanken, der zu dieser Entscheidung geführt hatte, es geschah einfach so aus dem Bauch heraus. Ich wollte nicht mehr von ihr berührt werden.

11

Danach ging alles ziemlich schnell. Wir waren so vernünftig, das Geschäft nicht aufzugeben, auch wenn es nun die eine oder andere heikle Situation zu überstehen gab. Nachdem sie ausgezogen und zu ihrem Mann zurückgekehrt war, bot Sylvie mir ihre Ladenwohnung im ersten Stock an. Wenn wir schon nicht zusammenbleiben konnten, so blieb ich doch wenigstens in ihrer Wohnung. Das war so typisch für mein ganzes Leben. Die glanzvolle Bestätigung der These, dass ich meinem Schicksal immer etwas hinterherhinkte. Anschließend verkündete sie mir, sie würde mit ihrem Mann auf eine lange Reise gehen, um die Versöhnung zu feiern. Eine Nachricht, die mich geradezu erleichterte. Ich hielt es nicht mehr aus, sie jeden Tag sehen zu müssen. Mir leuchtete nicht recht ein, wieso sie es so eilig gehabt hatte, zu ihm zurückzugehen, warum sie sich ihm so widerstandslos ergab. Aber im Grunde brauchte ich mir gar nicht den Kopf zu zerbrechen. Sie liebte ihn eben, so wie sie mich eben nicht liebte. Es würde ein wenig dauern, bis ich die wunderschöne Zeit, die wir zusammen verbracht hatten, würdigen könnte. Denn sie war wunderschön gewesen, nur ein bisschen kurz. Aber wenn auf Lieben immer Leiden folgte, war es dann nicht besser, gar nicht erst zu lieben? Allmählich tendierte ich dazu.

Um Sylvies Ausscheiden zu kompensieren, stellten wir einen jungen Mann ein. Unsere Wahl fiel auf einen gewissen Michel. Er wirkte auf mich wie einer dieser Neuropathen, die bloß Videospiele im Kopf haben. Vom Realitätsbezug her also ein ziemlicher Autist. Aber ich dachte mir, wir könnten uns ganz gut verstehen. Er war zwar ein wenig zugeknöpft, aber auch sehr energiegeladen und gewieft. Sein äußeres Erscheinungsbild war seltsam,* aber ich spürte irgendwie, dass wir einerseits ein homogenes Duo abgeben würden, das sich andererseits gegenseitig ergänzte. Er rackerte sich richtig ab, und am Abend saßen wir in dem leeren Geschäft und tranken Bier. Wie ich hörte, las er jede Menge Bücher, und nicht nur das: Er schrieb auch. Er arbeitete gerade an einem Buch über H.P. Lovecraft, einen amerikanischen Science-Fiction-Autor, der mir überhaupt nicht geläufig war. «Solltest du lesen», meinte er und fügte dann diese rätselhafte Bemerkung hinzu: «Die Wahrheit liegt immer anderswo.» Es war mir eine Wohltat, wenn wir so nett miteinander philosophierten. Mit Michel, so hatte ich den Eindruck, trat ich noch einmal neu ins Leben, aber diesmal durch den Notausgang. Manchmal kam er mir verloren und unsicher vor, manchmal groß und entschlossen. Es schien mir

* Zum Beispiel hatte er am Arm mehr Haare als auf dem Kopf.

immer wahrscheinlicher, dass wir richtig gute Freunde werden würden.

Er blieb auch öfter zum Abendessen, und da es im Laden weder Radio noch Stereoanlage gab, machten wir den Fernseher an, um ein wenig Geräuschkulisse zu haben. Einmal stießen wir in einem Nachrichtensender zufällig auf eine Reportage, in der es um die Griechenlandkrise ging. Ich fand, der Mann, der da von einer Journalistin interviewt wurde, ähnelte mir. Michel war ganz meiner Meinung: «Das bist du in griechischer Übersetzung.» Der Mann sprach davon, dass sich die Leute in der Krise gezwungen sähen, irgendwie ohne Geld auszukommen. Man treibe zunehmend Tauschhandel. Und dann sagte er einen Satz, der uns zutiefst berührte: «Von vielen Nägeln kann man sich jetzt zum Beispiel auch ein Auto kaufen.» Sein trefflicher Ausspruch lieferte Michel und mir Gesprächsstoff für den Rest des Abends. Er besaß für uns, die wir gewaltige Schätze von Nägeln bargen, einen riesigen Symbolwert. Auf merkwürdige Weise weckte diese Äußerung wieder meinen Optimismus. Ich dachte, jetzt sei alles möglich.

Jetzt könne sogar wieder etwas Schönes passieren.

EPILOG

Am darauffolgenden Sonntag lud ich meine Eltern zum Essen ein. Mir war diese Einladung sehr wichtig, denn es war meine Art, ihnen für alles, was sie für mich getan hatten, zu danken. Zwar erschloss sich mir ihr Gebaren nach wie vor nicht so ganz, aber manchmal muss man sich eben auf das Wesentliche beschränken: Sie waren für mich dagewesen.

Es hatte mich einiges gekostet, sie zu ihrem Kommen zu bewegen. Mein Vater ging sehr ungern aus. Jedes Mal, wenn meine Mutter versuchte, ihn zu überreden, ließ er nur höchst widerwillig vom Fernseher und seinen häuslichen Ritualen ab. Doch nach dem, was sich infolge der Szene, die ich ihnen gemacht hatte, abgespielt hatte, war seine Widerstandskraft etwas erlahmt. Das heißt, sein Egoismus hatte nachgelassen. Allerdings brauchte man deswegen jetzt nicht gleich den Rahmen zu sprengen. Erst hatte ich vorgeschlagen, die beiden in ein gutes Restaurant einzuladen, doch dies hatte bei meinem Vater eine hysterische Reaktion ausgelöst: «Was? Warum sollen wir denn fürs Essen zahlen? Wir können doch auch zu Hause essen!» Der alte Geizkragen, ich kannte diese Leier in- und auswendig. Und auch die Tatsache, dass die Rechnung ja auf mich ging, erschütterte seinen Standpunkt nicht. Mit dem Geld der anderen geizte er genauso. Sein Verhältnis zu jeglicher Art von Ausgaben war völlig neurotisch. Also war es vielleicht das Beste, meine Eltern zu mir einzuladen, ins Geschäft. Ich bemühte mich, Ordnung zu schaffen. Ich wollte mich der Aufgabe gewachsen zeigen, mit diesem Essen den Kredit zurückzahlen, den ich während meiner langen Pechsträhne überzogen hatte. Meine Eltern hatten im Übrigen begeistert die Ereignisse mitverfolgt, die dazu geführt hatten, dass ich Inhaber einer Eisenwarenhandlung geworden war (von den amourösen Begleitumständen hatten sie natürlich keine Ahnung), und ich denke, letzten Endes waren sie angenehm überrascht von dem Ehrgeiz, den ich an den Tag gelegt hatte, wieder auf die Beine zu kommen. Mein Vater hatte da einige Bemerkungen fallen lassen, denen ich entnahm, dass er halbwegs stolz auf mich war. Wobei, vielleicht war es auch die Erleichterung darüber, dass ich endlich wieder weg war, die ihn zu seinen aufmunternden Worten inspiriert hatte.

Es war ganz schön viel Arbeit, das Essen zu kochen. Meine Mutter liebte italienische Küche, also entschied ich mich für ein italienisches Gericht. Ich versuchte mich sogar an einem hausgemachten Tiramisu (um die Wahrheit zu sagen, hatte ich mit Michel als kulinarischem Versuchskaninchen schon die ganze Woche über verschiedene Varianten ausprobiert). Es war das erste Mal, dass ich eine solche Lust verspürte, es mir und meinen Eltern schön zu machen. Ich wollte endlich einmal einen Moment in ihrer Gesellschaft verbringen, der nicht unseren ständigen Spielarten von irgendwas ausgesetzt war. Als sie dann anrückten, in Schale geschmissen wie für eine Hochzeit, dachte ich mir, dass ihnen wohl ebenfalls daran gelegen war, die Bedeutung dieses Abends zu unterstreichen. In all den Jahren hatten sie sich eigentlich nie sonderlich angestrengt, nie wirklich Interesse gezeigt an den Sachen, die ich machte, aber jetzt hatten sie sich in ihre feinsten Gewänder gezwängt, so standen sie vor mir. Ich fand sie fast ein bisschen absurd und lächerlich: Aber so waren sie halt.

Bis zum Dessert konnte man von einer gelungenen Veranstaltung sprechen. Wir kamen noch einmal darauf zurück, wie der Zufall manchmal so spielte. Wie ein arrangiertes Essen, bei dem ich eine Frau und Leidensgenossin kennenlernen sollte, dazu geführt hatte, dass ich jetzt hier lebte und arbeitete … «Das Leben steckt eben voller Überraschungen», rief mein Vater aus. Er merkte gar nicht, wie grotesk das aus seinem Mund klang, ausgerechnet er musste so etwas sagen, er, der Mann der vorgezeichneten Wege, der Veränderungen gegenüber so unaufgeschlossen und in seinem Inneren so geradlinig wie eine Autobahn war. Meine Mutter äußerte sich positiv über die jüngsten Entwicklungen in meinem Leben. Ihr bescheidener Kommentar lautete: «Du hast ganz schön Schwung in die Bude gebracht …» Sie hatte sich bei dem Ganzen demnach gut unterhalten gefühlt, das war doch schon mal was. Also ich erzähle das jetzt, als hätten wir eine lebhafte Konversation betrieben, aber in Wirklichkeit warfen wir uns während des Kauens vereinzelte Brocken zu. Das Schweigen hat in unserer Familie immer breiten Raum eingenommen, als müssten wir erst tief in uns drinnen nach einem Grund suchen, miteinander zu reden. Das heißt, das Essen war ganz nett, aber auch kein überschäumendes Vergnügen. Auf dem Höhepunkt des Abends kündigte ich das hausgemachte Tiramisu an. Meine Mutter schien gerührt von so viel guter Absicht. Mein Vater, der ewige Pragmatiker, stahl mir dagegen ein bisschen die Show, indem er sich erst mal erkundigte, wo es denn hier zur Toilette gehe. «Ganz am Ende des Ganges …», gab ich ihm Auskunft in einem Augenblick, in dem mir ganz entfallen war, wie schlecht sein Orientierungssinn war. Vielleicht verließ er ja deswegen so ungern das Haus.

Ich brachte schon mal das Dessert, aber natürlich konnten wir nicht ohne ihn anfangen. Was machte er denn so lange? Er war nun schon einige Zeit weg. Hoffentlich litt er jetzt nicht unter Verdauungsproblemen oder irgendetwas in der Art. Sollte ein in meinem Haushalt eingenommenes Lebensmittel ihm Verdauungsprobleme bereiten, musste ich davon ausgehen, dass er jetzt monatelang ein Thema haben würde. Ich stand auf, um nachzusehen, was mit ihm los war, aber da kam er ja schon. Allerdings war offensichtlich etwas Schreckliches passiert. Mein Vater war leichenblass. Meine Mutter machte sich sogleich Sorgen:

«Raymond … was hast du denn? Du bist ja ganz weiß im Gesicht!»

«… »

«Alles in Ordnung?», fragte ich.

Er antwortete nicht. Sein Zustand war alarmierend, dabei machte er gar nicht den Eindruck, als würde es ihm irgendwie schlecht gehen. Es war etwas anderes mit ihm. Er war wie gelähmt vor kalter Wut. Dann ließ er die Bombe platzen:

«Das hier ist überhaupt kein Eisenwarenladen, das ist ein Sexshop! Kannst du dir das vorstellen? Dein Sohn verkauft hier Pornos!»

«Was?», schrie meine Mutter und drohte fast zu ersticken.

«Ich sage dir, das ist überhaupt kein Eisenwarenladen!»

«Moment mal … Papa … ich muss das erklären.»

«Da gibt's überhaupt nichts zu erklären … ich hab's ja mit eigenen Augen gesehen!»

Mein Vater hatte sich auf dem Weg zur Toilette verirrt. Er war am Ende des Ganges auf die Treppe gestoßen, die schnurstracks in den Erotikbereich führte. Sylvies Eltern waren eingeweiht, ich jedoch hatte mich gehütet, die Existenz dieses Geschäftszweigs gegenüber den meinen zu erwähnen. Mein Vater war nun gar nicht mehr zu beruhigen. Der Abend geriet total aus den Fugen. Ich kam überhaupt nicht mehr zu Wort. Mein Vater packte seinen

Mantel und befahl meiner Mutter, ihren zu nehmen. Im Hinausgehen rief er noch: «Wieso müssen wir ein Kind wie dich haben!!! Das ist ja unglaublich! Schande! Wie kannst du uns nur so was antun? Ah!!!» Ich versuchte noch, sie zurückzuhalten, aber nichts zu machen. Mein Vater schrie unbeirrt die Schande aus sich heraus, die ich über ihn gebracht hatte. Meine Mutter folgte ihm in Panik. Ihr blieb gerade noch Zeit für eine flüchtige Geste mit der Hand, die zu bedeuten schien, dass es ihr leidtue.

Und so sollte ich mit meinem hausgemachten Tiramisu am Ende alleine dasitzen.

Ich ging zum Fenster und sah den beiden hinterher. Es war unfassbar. Das Desaster würde wohl für immer unser altes Lied bleiben. Ihr Weg zum Auto war von ausladenden Handbewegungen begleitet. Aber es kam mir gerade gar nicht so vor, als wäre ein Desaster passiert, mir war das Ganze auch nicht peinlich, und ich fühlte mich weder traurig noch ratlos, nein, nichts von alldem. Im Gegenteil, ich musste lachen.

Aus dem Verlagsprogramm

Weitere Bücher von David Foenkinos bei C.H.Beck

Zum Glück Pauline. Roman
Aus dem Französischen von Christian Kolb
411 Seiten. München 2013

Souvenirs. Roman
Aus dem Französischen von Christian Kolb
333 Seiten. München 2012

Nathalie küsst. Roman
Aus dem Französischen von Christian Kolb
239 Seiten. München 2011
«Es gibt Bücher, bei denen man noch Tage später stille Freude spürt. Dieses ist so eines.»
Christine Westermann, WDR

Unsere schönste Trennung. Roman
Aus dem Französischen von Christian Kolb
207 Seiten. München 2010

Größter anzunehmender Glücksfall. Roman
Aus dem Französischen von Christian Kolb
221 Seiten. München 2006

Das erotische Potential meiner Frau. Roman
Aus dem Französischen von Moshe Kahn
188 Seiten. München 2005